D1924778

Rote Krimi

Von EDGAR WALLACE
sind außerdem im Wilhelm Goldmann Verlag erschienen:

Die Abenteuerin. 164
A. S. der Unsichtbare. 126
Die Bande des Schreckens. 11
Der Banknotenfälscher. 67
Bei den drei Eichen. 100
Die blaue Hand. 6
Der Brigant. 111
Der Derbysieger. 242
Der Diamantenfluß. 16
Der Dieb in der Nacht. 1060
Der Doppelgänger. 95
Die drei Gerechten. 1170
Die drei von Cordova. 160
Der Engel des Schreckens. 136
Feuer im Schloß. 1063
Der Frosch mit der Maske. 1
Gangster in London. 178
Das Gasthaus an der Themse. 88
Die gebogene Kerze. 169
Geheimagent Nr. 6. 236
Geheimnis der gelben Narzissen. 37
Das Geheimnis der Stecknadel. 173
Das geheimnisvolle Haus. 113
Die gelbe Schlange. 33
Ein gerissener Kerl. 28
Das Gesetz der Vier. 230
Das Gesicht im Dunkel. 139
Der goldene Hades. 226
Die Gräfin von Ascot. 1071
Großfuß. 65
Der grüne Bogenschütze. 150
Der grüne Brand. 1020
Gucumatz. 248
Hands up! 13
Der Hexer. 30
Im Banne des Unheimlichen. 117
In den Tod geschickt. 252
Das indische Tuch. 189
John Flack. 51
Der Joker. 159
Das Juwel aus Paris. 2128
Kerry kauft London. 215
Der leuchtende Schlüssel. 91
Lotterie des Todes. 1098
Louba der Spieler. 163
Der Mann, der alles wußte. 86
Der Mann, d. seinen Namen änderte. 1194
Der Mann im Hintergrund. 1155
Der Mann von Marokko. 124
Die Melodie des Todes. 207
Die Millionengeschichte. 194
Mr. Reeder weiß Bescheid. 1114
Nach Norden, Strolch! 221
Neues vom Hexer. 103
Penelope von der »Polyantha«. 211
Der Preller. 116
Der Rächer. 60
Der Redner. 183
Richter Maxells Verbrechen. 41
Der rote Kreis. 35
Der Safe mit dem Rätselschloß. 47
Die Schuld des Anderen. 1055
Der schwarze Abt. 69
Der sechste Sinn des Mr. Reeder. 77
Die seltsame Gräfin. 49
Der sentimentale Mr. Simpson. 1214
Das silberne Dreieck. 154
Das Steckenpferd des alten Derrick. 97
Der Teufel von Tidal Basin. 80
Töchter der Nacht. 1106
Die toten Augen von London. 181
Die Tür mit den sieben Schlössern. 21
Turfschwindel. 155
Überfallkommando. 75
Der Unheimliche. 55
Der unheimliche Mönch. 203
Die unheimlichen Briefe. 1139
Das Verrätertor. 45
Der viereckige Smaragd. 195
Die vier Gerechten. 39
Zimmer 13. 44
Der Zinker. 200

EDGAR WALLACE

Die Schuld des Anderen

A DEBT DISCHARGED

Kriminalroman

Wilhelm Goldmann Verlag

Aus dem Englischen
übertragen von Gregor Müller.

Gesamtauflage 162 000

Made in Germany · 11/78 · 9. Auflage · 1481162
Umschlagentwurf: Creativ Shop, A. + A. Bachmann, München
Umschlagfoto: Photo Media Bavaria
Druck: Mohndruck Reinhard Mohn GmbH, Gütersloh
Krimi 1055 · Berens/Ernst
ISBN 3-442-01055-1

I

»Herein!«

Kommissar Lecomte betrat das Büro seines höchsten Vorgesetzten, der ihn zu sich gerufen hatte. Er schloß die Tür und blieb stehen.

Monsieur Trebolino, der Chef der französischen Kriminalpolizei, hatte seinen Schreibtischsessel ans lodernde Kaminfeuer gerückt. Es war unangenehm kalt an diesem Märznachmittag, ganz Paris lag unter einer dichten Schneedecke.

Trebolino, ein tatkräftiger Italiener, der schon als junger Mann die französische Staatsbürgerschaft erworben hatte, lächelte Lecomte wohlwollend zu.

»Setzen Sie sich!« Er zeigte auf einen Ledersessel in seiner Nähe. »Eine Frage – haben Sie schon einmal vom ›Klub der Verbrecher‹ gehört?« Trebolino machte, als Lecomte nickte, eine lebhafte Handbewegung. »Ja? Nun gut, die Idee mag ja ganz originell sein – aber meiner Meinung nach sollte man doch daran denken, mit diesem Klub Schluß zu machen, bevor es zu Auswüchsen kommt. Studenten sind nun einmal unruhige Leute.«

»Ach, ich glaube, die Geschichte wird sich bald ganz von selbst in nichts auflösen – wie es doch meist in solchen Fällen geht«, antwortete Lecomte unbekümmert.

Trebolino zog die Stirn in Falten.

»Was wissen Sie überhaupt davon?«

»Vermutlich nicht mehr als Sie.« Lecomte zuckte die Achseln. »Einige Studenten haben einen Klub gegründet. Bei ihren Zusammenkünften befolgen sie feierliche Riten, gebrauchen Kennworte, leisten Eide – kurz, treiben all den Unsinn, der bei Geheimbruderschaften und Logen nun einmal üblich ist. Jedes Klubmitglied schwört zum Beispiel, irgendein französisches Gesetz zu übertreten.

Bis jetzt haben sich die Gesetzwidrigkeiten allerdings darauf beschränkt, einen Polizisten zu belästigen.«

»Das heißt, sie haben ihn in die Seine geworfen!« warf Trebolino ein.

»Ganz richtig – und zwei der bösen Buben wären beinah ertrunken, als sie ihn wieder herausfischten. Sie wurden zwei Tage lang eingesperrt und erhielten außerdem eine Geldstrafe von zweihundert Francs aufgebrummt. Was die jungen Leute sonst noch anstellten, kann man übrigens nur als Kindereien und den üblichen Studentenulk bezeichnen.«

Der Chef der Kriminalpolizei schien trotzdem nicht befriedigt zu sein.

»Das klingt ja alles sehr harmlos«, meinte er, »aber es wäre mir trotzdem lieber, wenn diese Geschichte aufhörte. Es gibt immerhin Klubmitglieder, die mir durchaus nicht so harmlos erscheinen – ich denke zum Beispiel an diesen Willetts, angeblich Künstler. Er wohnt mit einem jungen Amerikaner – ich glaube, er heißt Comstock Bell – zusammen.«

»Das heißt, er wohnte –«, verbesserte Lecomte. »Mr. Bell ist sehr reich und lebt ganz seinen Neigungen. Er ist ein Mann von Geschmack – Mr. Willetts dagegen trinkt ziemlich viel.«

»Dann haben sie sich also getrennt«, stellte Trebolino überrascht fest. »Das wußte ich noch gar nicht. Vielmehr wurde ich darüber informiert, daß die beiden sich vorgenommen hätten, uns einige unangenehme Überraschungen zu bereiten – Überraschungen, die keine Lausbubenstreiche mehr wären.« Er stand auf und trat ans Fenster. »Also, Monsieur Lecomte«, sagte er nach einigen Minuten des Überlegens, »sorgen Sie dafür, daß dieser ganze Unfug ein Ende findet. Studenten schlagen manchmal über die Stränge, gewiß – aber hier scheint sich etwas anzubahnen, was man durchaus nicht auf die leichte Schulter nehmen sollte. Berichten Sie mir bitte, was Sie unternommen haben!«

Lecomte verließ das Büro Trebolinos und machte sich im stillen ein wenig lustig über den Ernst, den der Chef dieser Sache beimaß.

Lohnte es sich wirklich, so viel Aufhebens davon zu machen? Schließlich kannte Lecomte alle Mitglieder des ›Klubs der Verbrecher‹ recht gut und wurde gelegentlich sogar zu ihren Zusammenkünften eingeladen. Nun, man würde sehen.

Noch am gleichen Abend ging der Kommissar nach Dienstschluß ins ›Café der Barbaren‹, dem Treffpunkt der Studenten.

Er wurde mit Hallo begrüßt, ein Student machte ihm sofort an einem großen Tisch Platz, ein anderer brachte ein Glas und schenkte ihm von dem Wein, der auf dem Tisch stand, ein.

»Sie kommen gerade zur rechten Zeit, um sich an einer Unterhaltung zu beteiligen, die Sie interessieren dürfte«, sagte der Student, der den Kommissar mit Wein versorgt hatte, und deutete lachend auf einen seiner Kommilitonen, einen bärtigen, hageren Jüngling. »Mein Freund hier vertrat eben die Ansicht, daß die Ermordung eines Polizeispitzels nach der Lehre des Aristoteles absolut entschuldbar wäre. Was halten Sie davon?«

»Nicht viel, wie Sie sich denken können«, erwiderte Lecomte grinsend und leerte sein Glas zur Hälfte. »Aber wenn Sie unbedingt die Probe aufs Exempel machen wollen – der Staatsanwalt wird bestimmt gerne mit Ihnen darüber debattieren.«

»Keine schlechte Idee!« rief jetzt der Bärtige herausfordernd. »Mein Freund Willetts jedenfalls findet . . .«

Er begann, die Theorien und angeblichen Erfahrungen seines Freundes Willetts darzulegen.

Willetts machte ein blasiertes Gesicht und schwieg. Er mußte bedeutend älter sein als seine Studienfreunde.

»Ist dieser Willetts auch Ihr Freund, Mr. Bell?« fragte Lecomte leise.

Der Student mit den grauen Augen, an den die Frage gerichtet war, machte eine abwehrende Handbewegung.

»Wie meinen Sie das?« erkundigte er sich kühl.

Lecomte zuckte die Schultern.

»In meinem Beruf hört man allerlei –«, sagte er leichthin, »besonders was den ›Klub der Verbrecher‹ betrifft.«

Comstock Bell sah ihn mißtrauisch, fast ängstlich an.

»Das Ganze ist doch nur ein Scherz . . .« begann er, verstummte aber sofort wieder.

Lecomte bemühte sich vergeblich, ihn noch einmal zum Reden zu bringen.

Plötzlich erhob sich allgemeines Stimmengewirr. Ein Student hatte sich nach dem Befinden des Polizisten erkundigt, der in die Seine geworfen worden war. Lecomte hob die Hand und gebot Schweigen.

»Soviel ich weiß, hat er sich recht gut von dem Schreck erholt. Bloßes Untertauchen genügt nicht, um einen richtigen Polizisten ernstlich zu beeinträchtigen. Aber da Sie schon diese Sache zur Sprache bringen, meine Herren, möchte ich Ihnen auch gleich sagen, daß es höchste Zeit ist, Ihren ›Klub der Verbrecher‹ aufzulösen. Der Chef der Kriminalpolizei persönlich hat mich beauftragt, Ihnen dies mitzuteilen!«

»Und wir sollen natürlich ohne weiteres parieren!« rief Willetts mit schriller Stimme.

Es war das erste, was er zu dieser Unterhaltung beisteuerte.

Lecomte betrachtete ihn – er sah ungesund aus, sein gelbes, hohlwangiges Gesicht ließ auf einen unsoliden Lebenswandel schließen.

»Auch gut!« erklärte Willetts nach einer kleinen Weile mit lauter Stimme. »Wir werden Schluß machen mit dem Klub – aber sein Geist soll wenigstens in einigen von uns weiterleben.«

Lecomte sah Comstock Bell an, dem diese Bemerkung vermutlich galt. Bell wurde blaß, als der anscheinend ziemlich betrunkene Willetts weitersprach.

»Mr. Bell natürlich ist fahnenflüchtig geworden. Noch vor kurzem war er mein Komplice – aber jetzt vertragen wir uns nicht mehr. Er ist eben Amerikaner – und außerdem ein Kapitalist! Vielleicht ist er aber auch nur ein Feigling . . .«

Die letzten Worte hatte er laut über den Tisch gerufen. Willetts war in diesem Zustand zu allem fähig, das wußte jeder.

Comstock Bell antwortete nicht.

»Wir haben nämlich . . .« wollte Willetts eben fortfahren, als ein Herr das Café betrat, sich umschaute und auf Lecomte zukam.

»Entschuldigen Sie mich einen Augenblick, meine Herren!« sagte der Kommissar, stand auf und nahm den Fremden beiseite.

Sie unterhielten sich leise miteinander. Die Studenten sahen, daß Lecomte die Stirn runzelte, und hörten einen unterdrückten Ausruf. Nach einiger Zeit kam er an den Tisch zurück.

»Meine Herren«, begann er, und seine Stimme klang durchaus nicht mehr freundlich, »heute nachmittag wurde in Cooks Reisebüro eine englische Fünfzigpfundnote gewechselt – und diese Note war gefälscht!«

Alle schwiegen. Es herrschte völlige Stille.

»Der Geldschein wurde von einem Studenten gewechselt, und auf der Rückseite standen die Buchstaben ›K.d.V.‹. Hier hört der Spaß auf, meine Herren, und ich möchte den Verantwortlichen ersuchen, morgen früh auf das Polizeipräsidium zu kommen!«

Doch am nächsten Morgen erschien niemand dort. Willetts war noch in der Nacht telegrafisch nach London zurückgerufen worden, und Comstock Bell verließ Paris mit dem gleichen Zug.

Die beiden wußten nicht, daß Lecomte sie bei der Abfahrt beobachtete. Drei Tage später erhielt er eine englische Fünfzigpfundnote in einem Briefumschlag. Es war kein Absender angegeben, und außer dem Geldschein befand sich in dem Kuvert nur noch ein Stück Papier, auf dem in Maschinenschrift stand: ›Bitte leiten Sie dieses Geld an die Firma Cook weiter.‹

Lecomte berichtete dem Chef davon. Trebolino nickte.

»Wir wollen die Angelegenheit damit als erledigt betrachten. Es hat keinen Zweck, die Öffentlichkeit deswegen zu alarmieren.«

Er legte die gefälschte Banknote in seinen Schreibtisch und vergaß sie bald.

Einige Jahre später wurde der Chef der französischen Kriminalpolizei bei der Festnahme eines Verbrechers erschossen. Lecomte wurde sein Nachfolger, und als er eines Tages Trebolinos Schreibtisch aufräumte, fand er die Fünfzigpfundnote wieder.

2

Im Terriers-Klub in London fand ein großer Empfang statt. Vor dem vornehmen Gebäude stand eine lange Reihe chromblitzender Wagen. ›Terriers‹ ist einer der vornehmsten Klubs, und dieser große Empfang bildete wie jedes Jahr den Auftakt zur Saison.

Viele der alten Klubmitglieder fühlten sich ziemlich unbehaglich. Es war ihnen gar nicht recht, daß die Räume, in denen sie sich sonst wie zu Hause fühlten, heute von einer schwatzenden, eleganten Gesellschaft bevölkert wurden. Am meisten störten sie die vielen Damen – ein ganz ungewohnter Anblick in einem Herrenklub.

Draußen regnete es, und Wentworth Gold stieg schnell die Marmortreppe hinauf, um in die große Empfangshalle zu gelangen. An der Garderobe legte er Hut und Mantel ab und ordnete vor dem Spiegel seine Krawatte.

Wentworth Gold war ein außergewöhnlicher Mann – und nicht weniger außergewöhnlich waren seine Interessen. Seine Erscheinung – mittelgroß, buschige Augenbrauen, hinter dem Klemmer graue, lebhafte Augen – wirkte eher häßlich, doch seine Persönlichkeit faszinierte alle, die mit ihm zu tun bekamen. Als Amerikaner hatte er sich außerdem eine gewisse Unbekümmertheit des Auftretens bewahrt, obwohl er schon lange in England lebte. Jedermann fand ihn sympathisch, gerade weil er so offen und typisch amerikanisch war.

Welchem Beruf Mr. Gold eigentlich nachging, wußten die wenigsten so richtig zu sagen. Ein- oder zweimal in der Woche machte er dem amerikanischen Konsulat einen Besuch, ›um seine Post abzuholen‹. Merkwürdigerweise holte er diese Post manchmal um drei Uhr früh ab, und Seine Exzellenz, der Konsul, kam dann im Pyjama zu einer Unterredung ins Büro herunter.

Solch ein Gespräch fand auch statt, als der Präsident einer kleinen südamerikanischen Republik, die als sehr aggressiv bekannt war, einer benachbarten größeren Republik den Krieg erklären wollte.

Die wichtigsten darauffolgenden Ereignisse des Tages kann man folgendermaßen zusammenfassen:

5.00 nachmittags: Senor de Silva (Privatsekretär des Präsidenten von Furina) kommt ins Carlton-Hotel.

5.30 nachmittags: Monsieur Dubec (Generalvertreter der Vereinigten Belgischen Waffen- und Munitionsfabriken) erscheint ebenfalls im Carlton-Hotel und führt eine geheime Besprechung mit dem erwähnten Privatsekretär.

8.00 abends: Beide essen zusammen in einem Privatzimmer.

9.00 abends: Monsieur Dubec reist nach Belgien ab.

2.00 nachts: Wentworth Gold sucht das amerikanische Konsulat auf.

5.00 morgens: Senor de Silva erhält den Besuch des Polizeiinspektors Grayson (Spezialabteilung der Interpol).

9.00 vormittags: Senor de Silva verläßt London in größter Eile und offensichtlicher Verwirrung, um sich nach Paris zu begeben.

11.00 vormittags: Inspektor Grayson und Wentworth Gold begegnen sich zufällig am Themseufer und grüßen einander sehr formell und höflich.

Wentworth Gold hatte überall seine Hände im Spiel. Es schien sein Beruf zu sein, alles zu wissen – und tatsächlich wußte er auch fast alles. Das meiste, was er erfuhr, behielt er jedoch für sich. Er hatte kein Büro, keine Angestellten, keine öffentliche Funktion. Aber er trug in der Westentasche einen kleinen silbernen Stern mit sich herum, mit dem er gewisse Leute ungeheuer beeindrucken konnte. Er verkehrte in den ersten Kreisen, doch sah man ihn häufig auch mit Leuten aus der Unterwelt. Wohl gerade deshalb erfuhr er so viel.

Gold trat vom Garderobenspiegel weg und ging zur Eingangshalle zurück. Er stieg die große, breite Treppe hinauf, lehnte sich über die Brüstung und betrachtete das farbenprächtige Schauspiel unten im Saal.

Er bemerkte den spanischen Botschafter mit seiner hübschen Tochter, den italienischen Geschäftsträger, und eben trat Mrs. Granger Collak in den Saal, gefolgt von einer Schar junger Herren. Manche Frauen besaßen eben eine außerordentliche Gabe, sich über die herrschende Meinung hinwegzusetzen und erschienen auch nach einem aufsehenerregenden Scheidungsprozeß unbefangen in der Öffentlichkeit.

Jetzt entdeckte Gold unten in der Menge auch Comstock Bell und behielt ihn im Auge, denn er interessierte sich zur Zeit sehr für diesen jungen Amerikaner. Comstock Bell war ein auffallend gutaussehender Mann, hochgewachsen und bis auf einen kleinen Schnurrbart glattrasiert. Man erzählte sich, daß er sehr reich sei und – unverheiratet, weshalb es nur natürlich war, daß sich die Damenwelt auffallend viel und eingehend mit ihm beschäftigte.

Gold stützte sich mit den Ellbogen auf die Brüstung, immer noch mit dem Blick dem jungen Mann folgend. Bell erwiderte nur nachlässig die Zurufe der anderen und machte keinen besonders glücklichen Eindruck. Jetzt wandte er sich an eine kleine Gruppe von Herren, die ihn sehr zuvorkommend begrüßten, doch dauerte die Unterhaltung nicht lange, und gleich darauf verschwand er hinter der Portiere im Empfangssalon.

»Merkwürdig –«, murmelte Mr. Gold in Gedanken versunken vor sich hin.

»Was ist merkwürdig?« fragte jemand.

Dicht neben Gold stand ein Herr an der Brüstung.

»Hallo, Helder! Interessieren Sie sich auch für gesellschaftliche Ereignisse?«

»Eigentlich nicht besonders«, antwortete der andere. »Zum Teil finde ich sie sogar furchtbar langweilig. Aber soeben sagten Sie doch, daß etwas merkwürdig sei – was meinten Sie damit?«

Gold lächelte, nahm seinen Klemmer ab und schaute Helder aufmerksam an.

»Die Jagd nach Vergnügen, oder der Ehrgeiz, die Karrieresucht, Modetorheiten – all das ist vom Standpunkt eines vernünftigen

Menschen aus ungewöhnlich und merkwürdig, finden Sie nicht auch?«

Helder war auch Amerikaner. Groß und massig, sah er ganz danach aus, als würde er gutes Essen und Trinken zu schätzen wissen. Er war bekannt dafür, jederzeit über den neuesten Klatsch informiert zu sein.

»Haben Sie schon bemerkt, daß Comstock Bell da ist?« fragte er unvermutet.

Gold nickte nur.

»Finden Sie nicht, daß sein Gesichtsausdruck – merkwürdig ist, so, als ob ihm etwas Sorgen machen würde?«

Gold streifte Helder mit einem schnellen Seitenblick.

»Das ist Ihnen aufgefallen?« fragte er unbeteiligt.

»Meiner Meinung nach steht ihm die Nervosität auf der Nasenspitze geschrieben. Das ist bei einem reichen und unabhängigen jungen Mann ziemlich seltsam.«

»Es gibt noch seltsamere Dinge.«

Helder ließ nicht locker.

»Neulich habe ich mit Villier Lecomte gesprochen . . .«

Gold wurde aufmerksam. Es war klar, Helder wollte sich nicht einfach nur mit ihm unterhalten, sondern er wollte etwas ganz Bestimmtes, das Comstock Bell betraf, an die richtige Adresse bringen.

»Mit wem haben Sie gesprochen?«

»Mit Villier Lecomte – Sie kennen ihn doch?«

Gold kannte Lecomte, den Chef der französischen Kriminalpolizei, sehr gut, ja, man konnte sagen, daß er mit ihm so gut bekannt war wie mit seinem eigenen Bruder – aber es gab viele Gründe, weshalb er dies nicht gerne zugeben wollte.

»Nein«, antwortete er deshalb, »nur den Namen muß ich schon irgendwo gehört haben.«

»Er ist ein hohes Tier bei der Pariser Kriminalpolizei. Neulich war er hier, und ich sprach mit ihm.«

»Sehr interessant«, sagte Gold. »Und was hat er Ihnen denn erzählt?«

»Oh, er wußte einiges über Comstock Bell«, erwiderte Helder und beobachtete Gold scharf.

»Und wie kommt es, daß Mr. Bell die Aufmerksamkeit der französischen Polizei auf sich gezogen hat?«

»Aber wissen Sie denn wirklich nicht, daß Bell früher einmal Mitglied des ›Klubs der Verbrecher‹ war?«

Gold lachte.

»›Klub der Verbrecher‹? Noch nie gehört!«

Helder zögerte. Es standen außer ihnen noch andere Leute an der Brüstung und schauten auf die Leute hinunter. Eine junge Dame zum Beispiel, die sich neben ihnen über das Geländer beugte, konnte ohne weiteres jedes Wort ihres Gesprächs verstehen.

»Gut, ich will es Ihnen sagen, auf die Gefahr hin, daß es nichts Neues für Sie ist. Meiner Meinung nach kann man Ihnen überhaupt nichts Neues erzählen! Also – vor einigen Jahren, als Bell in Paris studierte, gründete er zusammen mit ein paar anderen Studenten den ›Klub der Verbrecher‹. Es war so eine Idee, wie sie querköpfige junge Leute manchmal haben. Jedes Klubmitglied legte das Gelübde ab, irgendwie das Gesetz zu übertreten, und zwar mußte es ein Vorgehen sein, das bei Entdeckung mindestens eine Gefängnisstrafe eintrug.«

»Sehr lustig! Und keiner ist aufgehängt worden?«

»Natürlich nicht. Der Klub wurde rechtzeitig aufgelöst. Die Mitglieder hatten übrigens Decknamen angenommen, die in den Geheimakten des Klubs vermerkt waren. Ein einziges Delikt hätte ernstere Folgen haben können, aber gerade diese Geschichte wurde nie ganz aufgeklärt, da man den mutmaßlichen Täter nicht überführen konnte.«

»Es handelte sich doch nicht etwa um Falschgeld?« erkundigte sich Gold harmlos.

Helder lächelte.

»Sie wissen also doch von der Sache?«

»Wenn Sie die Geschichte von dem Studenten meinen, der eine Fünfzigpfundnote fälschte und in Zahlung gab – ja«, antwortete Gold. »Doch, ich erinnere mich jetzt genau. Aber was hat das alles mit Comstock Bell zu tun?«

»Nun, wie ich bereits erwähnte, weiß ich zufällig, daß er Mitglied des ›Klubs der Verbrecher‹ war«, sagte Helder. »Ich weiß auch, daß die französische Polizei im Zusammenhang mit der Falschgeldgeschichte zwei Personen verdächtigte.«

Gold wandte sich ihm zu und sah ihm gerade ins Gesicht.

»Wenn Sie schon so vieles wissen, können Sie mir vielleicht auch gleich sagen, wer die beiden Leute sind?« fragte er in ungewöhnlich scharfem Ton.

Helder schaute sich nervös um.

»Wenn Sie es unbedingt wissen wollen – einer der beiden ist Comstock Bell.«

»Und der andere?«

»Den kenne ich nicht. Er soll aber auch in London leben – ein Börsenmakler oder so etwas Ähnliches.«

»Ihre Mitteilungen sind wirklich interessant«, meinte Gold spöttisch, drehte sich lächelnd um und ging die Treppe hinunter.

3

Comstock Bell hatte vorhin – ohne zu wissen, daß er von der Galerie aus beobachtet wurde – den Empfangssalon in der Absicht betreten, die Frau des Klubpräsidenten zu begrüßen. Er schien wirklich nicht in der besten Laune zu sein. Vom Billardzimmer drangen die Klänge einer Musikkapelle herüber. Jemand sprach ihn an. Er drehte sich halb um und erkannte Lord Hallindale.

»Bell, ich habe Sie gerade überall gesucht«, versicherte der Lord. »Ich fahre nächsten Monat ans Mittelmeer und wollte Sie fragen, ob Sie keine Lust hätten, mitzukommen?«

Comstock lächelte.

»Es tut mir leid, aber ich habe andere Pläne.«

»Werden Sie London verlassen?«

»Ja, ich habe die Absicht, in die Vereinigten Staaten zu gehen. Meine Mutter fühlt sich nicht recht wohl, und ich möchte sie wieder einmal besuchen.«

Bell ging weiter. Diese Ausrede hatte er schnell erfunden. Er beabsichtigte keineswegs, England zu verlassen, bevor nicht eine gewisse Angelegenheit endgültig geregelt war.

Langsam schlenderte er zum Speisesaal, wo die Darbietungen eines bekannten Pianisten eine Menge Zuhörer angelockt hatten. Er stand zwar in der hintersten Reihe, aber da er sehr groß war, konnte er ohne Schwierigkeiten über die Köpfe der anderen hinwegschauen.

»Sie haben es gut –«, flüsterte jemand neben ihm.

Rasch drehte er den Kopf und bemerkte Mrs. Granger Collak, die bewundernd zu ihm aufblickte. Auch er war beeindruckt vom Reiz dieser lebenslustigen Frau.

»Soll ich Sie ein wenig hochheben?« fragte er lächelnd.

Er hatte bis jetzt noch nie versucht, näher mit ihr bekannt zu werden, obwohl er wußte, daß sie ihn gerne sah.

»Wollen Sie mich in eine ruhige Ecke führen?« bat sie. »Dieser Trubel hier ist unangenehm.«

Er geleitete sie zu einer Nische in der äußersten Wandelhalle und nahm neben ihr Platz.

Sie seufzte erleichtert.

»Comstock –«, begann sie, »vielleicht können Sie mir helfen . . .«

Ihre Blicke begegneten sich, und sie las in seinen Augen Zuneigung, aber auch ein wenig Mitleid.

»Sie brauchen mich nicht wie eine arme Sünderin anzuschauen!« wehrte sie ab. »Daß an mir nicht viel Gutes dran ist, weiß ich selbst – und daß ich ziemlich am Ende meiner Kraft bin. Ich müßte Geld haben, einmal weit fortfahren, einige Jahre auf Reisen gehen. Die Leute halten mich für schamlos, weil ich mich hier wieder sehen lasse nach all dem – aber Sie wissen es ja ... Für ein paar Jahre verschwinden, allein sein – das möchte ich, Comstock! Und doch bin ich an Händen und Füßen gebunden.«

Er hörte, wie jemand in ihre Nähe kam. Als er aufschaute, sah er Helder, der vor sich hin lächelte, aber sich sofort wieder abwandte.

»Besuchen Sie mich doch morgen in meiner Wohnung am Cadogan Square«, sagte er freundlich und stand auf. »Vielleicht kann ich etwas für Sie tun.«

Sie legte leicht ihre Hand auf seinen Arm.

»Das ist sehr lieb von Ihnen«, murmelte sie. »Ich könnte Ihnen das Geld aber nicht zurückgeben, wenn Sie mir damit aushelfen wollten ... Wie soll ich Ihnen danken?«

Er schüttelte lächelnd den Kopf und verabschiedete sich mit einer Verbeugung von ihr. Langsam ging er zur Garderobe, um Hut und Mantel zu holen. Dort traf er Wentworth Gold, der sich ebenfalls seinen Mantel hatte geben lassen.

»Wollen Sie schon gehen?«

Bell nickte.

»Ja, diese gesellschaftlichen Anlässe langweilen mich – ich glaube, ich werde alt. Doch Sie scheinen es ja auch ziemlich eilig zu haben, von hier wegzukommen?«

»Ich habe zu tun, meine Geschäfte lassen mir keine Ruhe«, erwiderte Gold. »Gehen wir ein Stück zusammen?«

Comstock nickte, und die beiden traten auf die Straße. Schweigend gingen sie ein Stück weit zu Fuß wobei ihnen jemand vorsichtig folgte. Dann wurde der Regen stärker, und als ein Taxi vorbeifuhr, hielt Gold es an.

»Fleet Street!« rief er laut.

Sie waren noch nicht weit gefahren, als er dem Chauffeur auf die Schulter klopfte und ihm eine andere Instruktion gab.

»Bringen Sie mich zur Victoria Station, und fahren Sie durch den Park!«

»Haben Sie Ihre Absicht geändert?« fragte Bell.

»Nein, aber ich bin leider für viele Leute so interessant, daß sie ihre Zeit nicht besser verwenden können, als mich zu beobachten. Haben Sie nicht bemerkt, daß wir verfolgt wurden?«

»Nein«, erwiderte Bell erstaunt. Der Wagen bog in den Park ein.

»Ich möchte Sie etwas fragen – kennen Sie einen gewissen Willetts?«

»Willetts?«

»Er ist Börsenmakler und hat ein Büro in der Nähe der Moorgate Street. Aber ich habe eigentlich noch nie gehört, daß er Aktien gekauft oder verkauft hätte.«

»Ich kenne ihn nicht«, sagte Bell kurz.

Eine lange Pause trat ein. Gold beugte sich vor und warf einen schnellen Blick durchs Wagenfenster.

»Ich glaube, ich muß hier aussteigen . . .«

Er bat den Chauffeur, anzuhalten, verabschiedete sich und stieg aus.

Nachdenklich schaute ihm Bell nach. Der Motor des Taxis war abgestorben, und der Chauffeur mühte sich mit dem Anlasser ab. Bell sah, wie ein Mann aus einer dunklen Seitenstraße auf Gold zutrat. Er kurbelte das Fenster herunter und hörte zu.

»Sind Sie Mr. Gold?« fragte der Mann.

»Ja.«

»Sie sind hier verabredet?«

»Woher wissen Sie, daß ich mich hier verabredet habe?« antwortete Gold ärgerlich.

»Das muß ich Ihnen wohl nicht erst erklären!« rief der Fremde böse.

Gleich darauf fiel ein Schuß.

Bell sprang aus dem Wagen. Gold stand unverletzt bei der Einmündung zur Seitenstraße. Der Mann, der geschossen hatte, war davongelaufen und in der Dunkelheit verschwunden.

»Das war nur einer meiner Freunde –«, versicherte Gold liebenswürdig.

Er bückte sich und hob die Pistole auf, die der Mann hatte fallen lassen.

4

Um elf Uhr abends betrat Wentworth Gold die Victoria Station und löste eine Fahrkarte nach Peckham Rye.

Er steckte sich eine Zigarre an, ging langsam den Bahnsteig entlang und stieg in den wartenden Zug. Er schloß die Abteiltür, schaute durchs offene Fenster und beobachtete die Leute, die vorbeikamen.

Die Theater- und Kinovorstellungen waren um diese Zeit noch nicht zu Ende, und der Zug fuhr deshalb nur mäßig besetzt aus dem Bahnhof. Gold holte einen Brief hervor, den er an diesem Abend erhalten hatte, und las ihn mehrere Male durch, bis er den Inhalt auswendig wußte. Dann zerriß er ihn in kleine Fetzen, die er in Abständen zum Fenster hinauswarf.

Er beschäftigte sich in Gedanken mit dem Attentat, das auf ihn verübt worden war, und wunderte sich, weshalb der Mann, den er im Park hatte treffen wollen, nicht gekommen war.

In Peckham Rye verließ er den Zug und ging zu Fuß zur Crystal Palace Road. Vor einer größeren Villa blieb er stehen. Das Haus lag im Dunkeln, aber er wußte, daß man ihn erwartete. Er ging zur Tür, drückte auf die Klingel, und gleich darauf wurde geöffnet.

»Sind Sie Mr. Gold?« fragte eine weibliche Stimme.

»Diese Frage wurde mir heute abend schon einmal gestellt«, sagte er und lachte.

Die junge Dame schloß die Tür hinter ihm und half ihm aus dem Mantel.

»Sie kommen spät«, sagte sie, und er hörte die Besorgnis aus ihrer Stimme.

»Nun ja, ich wurde aufgehalten«, erwiderte er. »Wo ist Ihr Onkel?«

Sie antwortete nur mit einem Seufzer, und er schüttelte den Kopf. Maple war zwar ohne Zweifel ein genialer Mann, aber auch bei ihm bestätigte sich wieder einmal, daß Genialität nicht weit von Verrücktheit entfernt ist.

Sie führte ihn durch einen dunklen Gang zu einer kleinen Küche, die an der Rückseite des Hauses lag.

Ein großer, nachlässig gekleideter Mann saß vor einem Tisch. Die Hände hielt er in die Hosentaschen vergraben und starrte mit glanzlosen Augen vor sich hin. Auf der Tischplatte standen Reagenzgläser, Mikroskope und wissenschaftliche Apparate.

Als die Tür geöffnet wurde, fuhr der Mann zusammen und hob abwehrend die Hand. Dann, nachdem er einen Blick auf seinen Besucher geworfen hatte, stand er auf.

»Treten Sie doch bitte näher –«, sagte er höflich. »Bring einen Stuhl, Verity!«

Gold folgte ihr mit den Augen, als sie den Stuhl holte. Sie war wirklich sehr hübsch – das Haar glänzte wie Seide, die feinen, geschwungenen Augenbrauen gaben dem Gesicht das Gepräge, und die großen, graublauen, leicht schwermütigen Augen hatten einen ganz besonderen Reiz. Gold wandte sich ab, als er bemerkte, daß sie unter seinen prüfenden Blicken errötete.

Maple sah ihn unsicher lächelnd an. Eine Frage stand in seinem hageren, verwüsteten Gesicht. Dieses Mädchen, das erst seit kurzem bei Maple wohnte, war die Tochter eines älteren Bruders, die einzige Verwandte, die er auf der Welt besaß. Sie hatte einen guten Einfluß auf ihn, und er hatte eine wunderliche Zuneigung zu ihr gefaßt.

Gold nickte ihm beruhigend zu.

»Maple, ich glaube, Sie haben Ihre Nichte in der bewußten Angelegenheit ins Vertrauen gezogen«, begann er das Gespräch und rückte seinen Stuhl näher an den Tisch.

»Ja, ich habe kein Geheimnis vor ihr.«

Auf dem Tisch lag eine lederne Brieftasche. Maple nahm sie mit seinen zitternden Händen auf, öffnete sie und zog ein Bündel länglicher Banknoten heraus. Es waren amerikanische Fünfdollarscheine, im ganzen zwanzig Stück. Sie alle zeigten grüne, rote und gelbe Flecken, wie sie bei chemischen Experimenten entstehen.

»Ihrer Meinung nach sind es also lauter Fälschungen?« fragte Gold.

Maple nickte.

»Ich habe jede genau untersucht. Sie kennen doch das Geheimzeichen des Schatzamtes der Vereinigten Staaten – das Zeichen, das praktisch nicht zu fälschen ist –, es fehlt bei allen.«

Maple sprach jetzt ganz offensichtlich über seinen ureigensten Gegenstand. Müdigkeit und Stumpfheit waren vollständig von ihm abgefallen, seine Stimme klang klar und deutlich.

»Und wie steht es mit der Druckfarbe?«

»Die ist tadellos«, antwortete Maple bewundernd. »Ich möchte fast annehmen, daß es sich um die Originalfarbe handelt, die in den staatlichen Druckereien verwendet wird.«

»Die Wasserzeichen?«

»Ohne jeden Fehler! Vor allem aber muß ich Sie auf etwas aufmerksam machen, das Sie sicher in Erstaunen setzen wird.« Maple wies mit einer gewichtigen Geste auf die Banknoten, die vor ihm lagen. »Der Mann, der diese Scheine gefälscht hat, bediente sich nicht – wie sonst üblich – der Fotografie als Hilfsmittel. Alle diese Scheine wurden mit richtigen Druckplatten hergestellt! Ich weiß es, weil ... Doch das tut nichts zur Sache. Auf jeden Fall weiß ich es ganz bestimmt. Die Banknoten wurden sogar auf einer Presse gedruckt, wie sie ganz speziell für diesen Zweck hergestellt werden; ja selbst das Papier, das verwendet wurde, ist von genau der gleichen Qualität, wie es das Schatzamt anfertigen läßt.« Er griff nach den Scheinen und steckte sie in die Brieftasche zurück. »Auf Banknotenfälschungen bin ich schon immer spezialisiert gewesen«, bemerkte er nach einer Pause mit einem schiefen Lächeln. »Ich habe sowohl in der französischen als auch in der deutschen Staatsdruckerei gearbeitet – und in Frankreich sollte ich eigentlich heute noch eine gute Stellung innehaben, wenn nicht ...« Mit einer abrupten Handbewegung brach er ab. »Kurz und gut, Mr. Gold, ich kann Ihnen versichern, daß jeder ungestraft diese Noten in Umlauf bringen kann – und nicht nur die kleinen Scheine, sondern auch die Hundertdollarnoten, die ich untersucht habe.«

»Es gibt also wirklich keine Möglichkeit, sie zu erkennen?« fragte Gold.

Maple schüttelte den Kopf.

»Nur das Schatzamt der Vereinigten Staaten könnte sie aufgrund des fehlenden Geheimzeichens als Fälschungen identifizieren.«

Gold schob seinen Stuhl zurück, stützte das Kinn in die Hand und dachte angestrengt nach. Das Mädchen, das sich neben dem Herd auf einen Hocker gesetzt hatte, schaute von einem zum andern. Plötzlich blickte Gold wieder auf.

»Es ist nur ein Glück, daß die Fälscher ihrer Sache nicht so sicher sind wie Sie. Ich hatte mich mit einem von ihnen heute abend im Green Park verabredet, aber er muß Verdacht geschöpft haben. Statt seiner erwartete mich . . .«

»Wer?« fragte Maple, als Gold verstummte.

»Spielt keine Rolle«, brummte Gold und versank wieder in Nachdenken.

Er war ernstlich beunruhigt. Bis jetzt hatte er gehofft, daß Maple, der Spezialist für Banknotenfälschungen, irgendein einfaches Verfahren finden würde, das die Überschwemmung mit falschem amerikanischem Papiergeld verhindern könnte. Er war auf Maple angewiesen, und dieser Umstand war ihm nicht angenehm.

Tausende von falschen Banknoten waren bereits in Umlauf gesetzt worden, vielleicht sogar Hunderttausende – alles Scheine von geringem Wert, bei denen sich niemand die Mühe machte, sie genau zu prüfen.

»Ja, dann kann ich im Augenblick wohl nichts weiter tun«, sagte Gold und stand auf.

Er reichte Maple die Hand zum Abschied und nickte dem Mädchen freundlich zu.

Als er die Küche verlassen wollte, hielt ihn Maple zurück.

»Ich wollte Sie noch etwas fragen, Mr. Gold. Kennen Sie einen Mr. Cornelius Helder?«

»Ja«, sagte Gold, aufs höchste interessiert.

»Ich dachte es mir. Er ist ein Landsmann von Ihnen, und ich muß ihn schon irgendwann getroffen haben!«

»Helder ist ein ziemlich häufiger Name.«

»Er hat meine Nichte gebeten, bei ihm als Sekretärin zu arbeiten.«

Gold runzelte unwillkürlich die Stirn, was Maple nicht entging.

»Ist mit Helder etwas nicht in Ordnung?« fragte er ängstlich. »Er hat ihr ein gutes Gehalt angeboten.«

»Woher wußte er denn, daß Ihre Nichte ohne Stellung ist?«

Maple schob seinem Besucher nochmals einen Stuhl hin.

»Nehmen Sie doch noch einen Augenblick Platz, ich möchte Ihnen gern mehr darüber erzählen. Die Sache ist etwas merkwürdig. Meine Nichte war nämlich Sekretärin beim alten Lord Dellborough, der neulich gestorben ist. Sie hatte eigentlich nicht die Absicht, sich nach einer neuen Stelle umzusehen, da ihr Lebensunterhalt bei mir gesichert ist. Nun kam letzte Woche ein Brief von einer Agentur, worin ihr dieses Angebot gemacht wurde, obgleich sie sich gar nicht beworben hatte.«

»Das ist allerdings ein seltsames Zusammentreffen«, stimmte Gold bei.

Er glaubte unter keinen Umständen an einen Zufall und konnte sich ziemlich genau vorstellen, wie die Sache zustande gekommen war.

Er sah wieder Verity an.

Höchstwahrscheinlich wußten gewisse Kreise, wer die frühere Sekretärin von Lord Dellborough war, und man konnte ohne weiteres einer Agentur den Auftrag geben, ihr eine Stellung anzubieten. Es kam noch dazu, daß sie außergewöhnlich hübsch war, und Helder interessierte sich stets für gutaussehende junge Damen.

»Ich möchte Ihnen raten, die Stelle anzunehmen«, sagte er plötzlich, nahm sein Notizbuch aus der Tasche und schrieb etwas auf einen Zettel. »Hier haben Sie meine Telefonnummer. Sie werden immer jemand erreichen, wenn Sie anrufen. Ich möchte Ihnen aber den Rat geben, Helder nicht zu sagen, daß Sie mich kennen – auch wäre es gut, wenn Sie mich verständigten, sobald Sie die Stelle angenommen haben.«

Mit diesen geheimnisvollen Worten verabschiedete er sich.

5

Für Verity Maple hatte die Crystal Palace Road das traurige Erwachen aus einem schönen Traum bedeutet. Es war ihr eigentlich immer recht gut ergangen, obwohl ihre Mutter schon früh gestorben war. Ihr Vater, George Maple, hatte zwölfhundert Pfund im Jahr verdient – leider aber regelmäßig fünfzehnhundert ausgegeben. Der Augenblick kam, da seine finanziellen Verhältnisse hoffnungslos zerrüttet waren, und schließlich gab es nur noch zwei Auswege für ihn: Bankrotterklärung oder Selbstmord. Ein Autobus, dem er nicht rechtzeitig auswich, enthob ihn der Entscheidung. Als Verity aus einem belgischen Pensionat zurückkehrte, fand sie ihr Vaterhaus bereits im Besitz einer Reihe von Gläubigern, die rücksichtslos versteigern ließen, was ihnen in die Finger fiel. Verity saß auf der Straße und wußte nicht, was tun – da tauchte Tom Maple auf.

Früher schon hatte sie von Onkel Tom gehört und auch Briefe von ihm aus den verschiedensten Städten erhalten. Dabei war ihr seine merkwürdige Angewohnheit aufgefallen, gleichzeitig mit dem Wohnort auch den Namen zu wechseln. Er war wirklich ein sonderbarer Mensch, doch ihr gegenüber zeigte er sich von seiner liebenswürdigsten Seite. Verity hatte alle Ursache, ihm dankbar zu sein.

Als sie zusammen in das Haus in der Crystal Palace Road gezogen waren, hatte sie bald genug entdeckt, daß er ein Trinker war.

Auch daran gewöhnte sie sich und lebte bald glücklicher mit ihm, als sie jemals zu hoffen gewagt hatte. In finanziellen Dingen war Tom Maple sehr großzügig – er stellte ihr genügend Geld zur Verfügung, und sie war durchaus nicht darauf angewiesen, eine Stelle anzunehmen. Es war mehr der Wunsch nach Unabhängigkeit, der sie trieb, einen Beruf auszuüben.

Für die Tätigkeit ihres seltsamen Onkels interessierte sich Verity sehr. Stundenlang konnte sie neben ihm sitzen und zuschauen, wie er mit sicherer Hand feine, schöngeschwungene Linien in Stahlplatten grub. Tom Maple wurde von einer Gravieranstalt, die Banknoten herstellte, sehr gut bezahlt. Seine Auftraggeber wußten seine Arbeit zu schätzen und schienen ihn so notwendig zu brauchen, daß sie seine Sonderlichkeiten übersahen.

An dem Abend nach Golds Besuch saß Verity noch im Wohnzimmer am Kamin und las in einem Buch. Da hörte sie draußen auf dem Gang den leichten Schritt ihres Onkels. Er ging an der Tür vorbei, blieb dann zögernd stehen, kehrte um und kam herein.

Sie sah ihn an.

»Kann ich etwas für dich tun, Onkel?«

Sein Gesicht war noch bleicher als sonst. Die Wangen schienen ihr noch eingefallener, die Augen von noch dunkleren Rändern umschattet. Er schaute sie eine Weile wortlos an, dann nahm er einen Stuhl und setzte sich ihr gegenüber.

»Verity«, begann er schließlich, »ich habe über dich nachgedacht und mir überlegt, ob es nicht besser wäre, wenn ich dir etwas über mich erzählte.« Er seufzte tief und sah ihr fest in die Augen. »Mein Leben war sehr merkwürdig – du weißt nicht so richtig Bescheid über meine Vergangenheit, wie?«

Sie schüttelte lächelnd den Kopf.

»Ich weiß nur, daß du ein guter Onkel bist!«

Er machte eine abwehrende Handbewegung.

»Du solltest nicht allzugut von mir denken. Ich bin nicht ganz der, für den du mich hältst.« Er sah sie fast ein wenig traurig an. »Wenn mir etwas zustoßen sollte, möchte ich, daß du dich an einen bestimmten Herrn hier in London wendest und . . .« Ohne den Satz zu beenden, holte er seine Brieftasche hervor. »Und noch etwas – ich habe dich neulich um deine Unterschrift gebeten, weil ich dir ein Konto bei der Londoner Nordwestbank eröffnet habe. Es ist kein großes Vermögen –«, sagte er schnell, als er ihre Freude bemerkte, »aber es wird dich vor Not schützen, wenn mir etwas passieren sollte.«

»Was sollte dir denn passieren?« fragte sie bestürzt.

Er zuckte die Schultern.

»Das kann man nie wissen«, erwiderte er melancholisch, zog ein Scheckbuch aus der Tasche und überreichte es ihr. »Hebe es gut auf. Übrigens – gelegentlich wirst du ja auch ans Heiraten denken.«

Lachend schüttelte sie den Kopf.

»Nun ja, die meisten Mädchen wollen zuerst nichts davon hören –«, meinte er, wieder vergnügt, »aber dann heiraten sie doch alle!«

Er nickte ihr zu und wollte aus dem Zimmer gehen, da fiel ihr seine Äußerung von vorhin wieder ein, die er mittendrin abgebrochen hatte.

»Onkel, du hast mir den Namen des Mannes nicht genannt, an den ich mich wenden sollte.«

Nur zögernd antwortete er:

»Ich meine – Comstock Bell. Später einmal werde ich dir mehr von ihm erzählen.«

Gleich darauf ging er. Sie sah ihm beunruhigt nach.

Was mochte er mit den Andeutungen über sein früheres Leben gemeint haben? Sie war klug genug, um zu wissen, daß seine häufigen Namensänderungen eine ernstere Bedeutung gehabt haben mußten. Fast wünschte sie jetzt, daß sie ihm zugeredet hätte, offen zu sprechen.

Anderntags um sechs Uhr stellte sie sich bei Mr. Cornelius Helder vor. Es kam ihr ein wenig seltsam vor, daß er sie in seine Privatwohnung in der Curzon Street gebeten hatte.

Helder bewohnte mehrere Räume im Haus Nr. 406.

Verity Maple wurde sofort ins Wohnzimmer geführt. Als sie eintrat, saß Helder vor einem großen Schreibtisch, der mit Druckproben und Zeitungen bedeckt war.

Er erhob sich und gab ihr die Hand.

»Nehmen Sie bitte Platz, Miss Maple. Es tut mir leid, daß ich Sie hierherbitten mußte, aber ich konnte Sie aus Zeitgründen nicht in meinem Büro empfangen.« Er sprach kurz und geschäftsmäßig, so daß die anfänglichen Bedenken des Mädchens rasch verflogen. »Ich habe eine interessante Arbeit für Sie. Können Sie Französisch?«

»Ja.«

»Ich bin nämlich Mitherausgeber einer kleinen Zeitschrift, für die Sie sich in Zukunft interessieren sollten.«

Die Gehaltsfrage wurde besprochen, und Verity wunderte sich, mit welcher Bereitwilligkeit Mr. Helder auf ihre Wünsche einging. Sobald der geschäftliche Teil der Unterhaltung beendet war, erhob er sich.

»Bis morgen früh also«, sagte er und begleitete sie zur Tür.

Verity Maple war sich nach dieser ersten Unterredung mit ihrem neuen Chef nicht ganz im klaren, ob sie richtig gehandelt hatte, diese Stellung anzunehmen. Als sie sich schon ein Stück weit vom Haus entfernt hatte, hörte sie ihren Namen rufen. Sie drehte sich um. Es war Mr. Helder, der ihr nachgelaufen kam.

»Ich muß zur Oxford Street –«, sagte er atemlos. »Da haben wir doch den gleichen Weg, nicht wahr?«

Sie hätte ihm gern gesagt, daß dies nicht der Fall sei, aber er wartete gar keine Einwände ab, sondern pries munter die Annehmlichkeiten eines neuen Motorbootes, das er sich kaufen wollte, und nannte als Anschaffungspreis eine Summe, bei der ihr schwindelte. Dann sprach er über sonstige Geldgeschäfte, ohne jedoch auf Einzelheiten einzugehen.

In der Oxford Street trennten sie sich, und sie seufzte erleichtert auf, als er sich von ihr verabschiedet hatte. Sie wußte nicht, daß er ihr beeindruckt nachschaute, bis sie in der Menschenmenge verschwunden war, um dann einem Taxi zu winken und in den Klub zu fahren.

Als Verity zur Victoria Station kam, war ihr Zug schon abgefahren, und sie mußte sich nun die Zeit vertreiben, bis der nächste kam.

An einem Bücherstand stöberte sie ein wenig in den aufgelegten Neuerscheinungen. Als sie sich unvermittelt umdrehte und weggehen wollte, stieß sie mit einem Herrn zusammen, wobei ihre Handtasche zu Boden fiel. Er bückte sich schnell, hob die Tasche auf und übergab sie ihr mit einer Entschuldigung.

Vor ihr stand ein hochgewachsener junger Mann, der sie einen Augenblick bewundernd anschaute.

Es war Veritys erste Begegnung mit Comstock Bell.

Sie schlenderte durch die Straßen und betrat einen Tea-room, um eine Tasse Tee zu trinken. Als sie wieder aufstand, entdeckte sie, daß sie auch den nächsten Zug verpaßt hatte. Eigentlich hatte sie ja gar keine Eile, und so spazierte sie gemütlich zum Marble Arch und besuchte eine Kinovorstellung.

Als sie in Peckham ankam, war es schon neun Uhr. Es regnete in Strömen. Sie bog in die Crystal Palace Road ein und bemerkte einen Mann, der an einem Laternenpfahl auf der anderen Straßenseite lehnte. Sein Gesicht konnte sie nicht sehen, weil er ihr den Rücken zukehrte.

Vor ihrer Haustür kramte sie die Schlüssel heraus und wollte gerade aufschließen, als sie hinter der Tür Stimmen hörte. Es war sehr ungewöhnlich, daß ihr Onkel Besuch hatte, und erstaunt wich sie einen Schritt zurück. Die Stimmen näherten sich, und gleich darauf öffnete sich die Tür. Unwillkürlich trat sie ins Dunkel hinter dem Gebüsch zurück, das sich neben dem Eingang befand.

Ihr Onkel kam heraus, in seiner Begleitung waren zwei Herren. Der eine war robust und untersetzt, der andere groß und schlank.

»Hoffentlich haben Sie uns jetzt verstanden!« sagte der Kleine drohend.

Er sprach mit stark amerikanischem Akzent.

Maple antwortete leise etwas, das Verity nicht verstehen konnte.

»Damit wäre also alles klar«, schnitt ihm der andere das Wort ab. »Wir wollen von Ihnen nur, daß Sie kein Spielverderber sind. Es liegt jetzt an Ihnen, Ihre verschiedenen Fehler wieder gutzumachen. Er weiß das ganz genau . . .«

Dabei deutete er auf die Straße.

»Warum kommt er denn nicht selbst?« brummte Maple vorwurfsvoll.

Die beiden lachten höhnisch.

»Weil er sich hier nicht sehen lassen will. Sie wohnen ja nicht allein im Hause, nicht wahr? Kurz und gut, Sie werden sich auf jeden Fall verantworten müssen, wenn Sie noch einmal etwas gegen uns unternehmen.« Die Stimme klang so kalt und scharf, daß Verity ein Schauer über den Rücken lief. »Diesmal geht es um eine ganz große Sache – und wer sich uns dabei in den Weg stellt, wird erledigt. Verstanden?«

Tom Maple nickte, und es trat eine kleine Pause ein.

»Wo ist er eigentlich?«

»Er wartet an der nächsten Straßenecke. Wollen Sie mit uns kommen und ihn begrüßen?«

Maple schüttelte den Kopf.

»Nein, ich weiß schon, daß er dort ist – das bezweifle ich nicht«, sagte er bitter.

Ohne ein weiteres Wort drehten sie ihm den Rücken und verschwanden durch das Gartentor. Tom Maple wandte sich seufzend um und ging ins Haus zurück.

Verity war überrascht und bestürzt. Was hatte das alles zu bedeuten? Welchen Einfluß hatten diese Leute auf ihren Onkel? Wer war der geheimnisvolle Mann, der das Haus nicht betreten wollte?

Einen Augenblick zögerte sie, dann lief sie schnell zur Gartentür und folgte den beiden Männern, die noch keinen großen Vorsprung hatten.

Als sie das Ende der Straße erreichten, kam der Mann, der unter der Laterne gewartet hatte, von der anderen Straßenseite zu ihnen herüber, und die drei blieben stehen.

Klopfenden Herzens ging Verity weiter. Das Gespräch der drei verstummte, und als sie die Männer passierte, drehte sich einer von ihnen nach ihr um. Zu ihrem Schrecken sah sie, daß es – Mr. Helder war. Hastig eilte sie weiter und hoffte, daß er sie nicht erkannt hatte.

Als sie in die nächste Seitenstraße einbog, warf sie einen Blick zurück. Helder folgte ihr! Rasch lief sie um die Ecke und schlüpfte in den nächsten Hauseingang. Eine Zeitlang stand sie dort atemlos und horchte angespannt. Zu ihrer großen Beruhigung näherten sich aber keine Schritte, und als sie nach einigen Minuten vorsichtig auf die Straße spähte, war kein Mensch zu sehen. So schnell sie konnte, lief sie nach Hause.

Ihr Onkel saß wie gewöhnlich in der Küche am Tisch. Sie merkte sofort, daß ihn etwas beunruhigte. Er begrüßte sie so geistesabwesend, daß sie noch besorgter wurde. Trotzdem schien es ihr ratsam, vorerst nichts von dem zu erwähnen, was sie gesehen und gehört hatte. Sie bereitete das Abendessen zu. Erst als sie den Tisch deckte, sah er auf.

»Verity, ich werde es doch tun, was auch immer geschehen mag!«

Sie wartete darauf, daß er ihr jetzt alles erzählen würde, aber außer einer kaum verständlichen Bemerkung, die er mehr zu sich selbst machte, sagte er nichts mehr.

»Sie glauben, daß sie mich in ihrer Gewalt haben! Doch ich werde es ihnen schon zeigen – sie sollen noch ihr blaues Wunder erleben!«

Als sie sich nach dem Essen erhob und abräumen wollte, drehte er sich nach ihr um.

»Vergiß den Mann nicht, von dem wir gesprochen haben!« sagte er mit eigenartiger Betonung.

»Mr. Comstock Bell?«

»Ja, Comstock Bell.«

6

»Dieser Helder ist ein widerspruchsvoller Charakter – ich mag solche Leute nicht«, sagte Wentworth Gold. »Ein Mann muß einen festen Standpunkt haben, sonst kann man ihn nicht ernst nehmen. Meiner Meinung nach ist es einfach unvereinbar, daß Helder auf der einen Seite gut lebt und eine ausgesprochene Vorliebe für Luxus hat, anderseits aber den revolutionären Helden spielt und zum Widerstand gegen die Kapitalisten aufruft. Nun, vielleicht ist es auch nur Effekthascherei, Exzellenz, irgendeine Pose – die meisten Menschen geben sich ja anders, als sie sind.«

Gold unterhielt sich mit dem amerikanischen Konsul in dessen Arbeitszimmer. In der Hand hielt er eine kleine, achtseitige Zeitschrift. Sie war zweispaltig gedruckt, und die eine Hälfte enthielt fremdsprachigen Text. Die Zeitschrift trug den Titel ›Die Warnung‹. Als Herausgeber zeichnete Cornelius Helder.

»Ich muß Ihnen gestehen«, sagte der Konsul, »daß mir diese Art von Landsleuten allmählich lästig wird. Ich hätte nie gedacht, daß ein Mann wie Helder, der doch immerhin in der besten Gesellschaft verkehrt, so umstürzlerische Ansichten hegt.«

»Was gefällt Ihnen denn an dieser Nummer der ›Warnung‹ nicht, Exzellenz?« fragte Gold. »Ich kann nichts besonders Aufregendes darin entdecken.«

Er überflog flüchtig den Leitartikel.

»Es ist doch reiner Unsinn«, sagte der Konsul ärgerlich. »Diese Zeitschrift soll heimlich unter den Kommunisten verteilt werden. Ebensogut könnte Helder ja sein Geld dafür ausgeben, zweisprachige Ausgaben von Gedichten drucken zu lassen!« Er rieb sich die Hände und lehnte sich in seinen Sessel zurück. »Sie kennen Helder doch sehr gut – vor einigen Tagen erklärte er mir im Terriers-Klub, daß Sie der einzige Amerikaner in London seien, vor dem er Hochachtung und sogar einen gewissen Respekt habe.«

Gold lächelte.

»Ich traue ihm nicht, und wenn er mich lobt, traue ich ihm am allerwenigsten.«

»Mag sein«, erwiderte der Konsul. »Aber wir müssen erst einmal die Probe aufs Exempel machen. Fordern Sie ihn also auf, mit der Herausgabe dieser blödsinnigen Zeitschrift aufzuhören. Die englische Regierung sieht so etwas durchaus nicht gern, und ich glaube, daß es nicht lange dauert, bis man dagegen einschreitet. Ich möchte nur wissen, warum er so viel Zeit und Geld in diese Sache steckt. Man könnte geradezu meinen, daß er einen Staatsstreich vorbereitet!«

»Ich werde mein möglichstes tun«, sagte Gold.

Er nahm ein Taxi und ließ sich zum Terriers-Klub fahren.

Helder war noch nicht da, aber in einer Nische sah er Comstock Bell vor seinem Mittagessen sitzen. Gold ging zu ihm hin und ließ sich ihm gegenüber nieder.

Bell sah schlecht aus. Seine rechte Hand war bandagiert.

»Hallo, was ist Ihnen denn passiert?«

»Nicht so schlimm. Ich habe mir die Hand in einer Tür eingeklemmt.«

»Das tut mir leid.«

»Wirklich nicht der Rede wert. Unangenehm ist nur, daß ich jetzt mit der linken Hand essen muß. Wie geht es Ihnen? Sie tun gerade so, als ob Sie es schon gewohnt wären, fremden Leuten als Zielscheibe zu dienen!«

Gold verzog das Gesicht.

»Ganz so ist es nun auch wieder nicht – hören Sie zu, ich möchte Ihnen die Geschichte nicht vorenthalten. Der Mann, den ich neulich abends im Park traf, wollte mich allen Ernstes umlegen.«

»Tatsächlich?« meinte Bell ironisch. »Daß er Sie nicht zum Tee einladen wollte, war mir allerdings klar.«

»Spaß beiseite!« Gold wurde ernst. »Die Sache geht übrigens auch Sie an. Ich bekam also einen Brief von einem meiner Vertrauensleute, daß er sich mit mir im Park treffen wolle. Er schlug eine Stelle zwischen der dritten und vierten Laterne vor. Mein Mann wurde jedoch beobachtet. Zwei Leute, die sich als Kriminalbeamte auswiesen, nahmen ihn wegen versuchten Raubüberfalls fest. Da er natürlich nicht das geringste verbrochen hatte, wollte er sich gegen das Gesetz nicht auflehnen und folgte den beiden. Sie brachten ihn zu einem Wagen und fuhren mit ihm in einen Außenbezirk. Dort ließen sie ihn wieder laufen.« Gold lachte auf. »Die Leute haben ihre Sache gut gemacht. An Stelle meines Agenten erwartete mich jemand, der den Auftrag hatte, mit mir abzurechnen . . . Ah – bitte, entschuldigen Sie mich einen Augenblick!«

Eben war Helder durch den Speisesaal gegangen. Gold nickte Bell zu, durchquerte den Raum und verschwand im Rauchsalon. Dort saß Helder und blätterte in einer Illustrierten. Als Gold zu ihm trat, schaute er auf.

»Ich hätte gern einmal mit Ihnen gesprochen, Sie aufrührerischer Geist!«

Helder lachte.

»Soll ich des Landes verwiesen werden?« fragte er und machte auf dem Sofa Platz, damit Gold sich neben ihn setzen konnte. »Oder will man mich wegen Hochverrats anklagen?«

»Soweit ist es noch nicht. Es besteht nur die Gefahr, daß Sie hier unangenehm auffallen. Ich habe neulich mit unserem Konsul gesprochen, und da er weiß, daß ich Sie gut kenne, bat er mich, Ihnen die Sache zu erklären. Er kann Sie nämlich nicht mehr in die Botschaft einladen, wenn Sie derartige Veröffentlichungen nicht einstellen.«

Helder wurde dunkelrot.

»Es wäre mir lieber, wenn sich der Botschafter mit einem solchen Ansinnen direkt an mich wenden würde«, sagte er aufgebracht.

Gold beobachtete ihn interessiert. Es war das erstemal, daß sich Helder von einer unangenehmen Seite zeigte. Sein Mund war verkniffen, und seine Augen funkelten böse.

Es hatte Helder einige Mühe gekostet, seine jetzige Stellung in der Gesellschaft zu erobern. Sein Vater hatte ihm nur ein kleines Vermögen hinterlassen, das gerade zu einem bescheidenen Leben ausreichte. Ein Geschäft, das er in Paris eröffnete, mußte er später wieder aufgeben. Jetzt lebte er schon seit Jahren in London, und man erzählte sich, daß er mit Eisenbahnaktien ein Vermögen verdient hätte. Und nun, da er endlich am Ziel war, drohte man, ihn gesellschaftlich zu schneiden.

Er schaute Gold wütend an.

»Ich möchte, daß man meine Rechte als amerikanischer Staatsbürger respektiert. Ich kann mir mein Leben nach meinem eigenen Ermessen einrichten, so lange ich nicht mit dem Gesetz in Konflikt komme. Und in der ›Warnung‹ ist nichts erschienen, was über das gesetzmäßig Erlaubte hinausginge.«

»Es liegt aber gar kein Grund vor, eine solch unnütze Zeitschrift überhaupt herauszugeben«, bemerkte Gold.

»Jetzt werden Sie beleidigend!« Helder erhob sich. »Ich glaube, wir können die Unterhaltung abbrechen.«

Gold nickte.

»Es kommt ja doch nichts dabei heraus. – Ach, da fällt mir gerade ein ... Ich habe nämlich eine Wette verloren.« Er schaute auf die Uhr und kramte dann in seiner Brieftasche herum, fand aber anscheinend nicht das Gewünschte. »Haben Sie etwas amerikanisches Geld bei sich, Mr. Helder? Ich brauche zwanzig Dollar.«

Helder schüttelte den Kopf.

7

In diesem Augenblick trat Comstock Bell in den Rauchsalon. Er hatte die letzten Worte Golds gehört.

»Ich habe genügend Dollar bei mir«, sagte er, zog seine Brieftasche heraus und entnahm ihr vier Fünfdollarscheine, die er Gold überreichte.

Helder beobachtete ihn dabei scharf. Er sah, wie Gold die Banknoten scheinbar oberflächlich betrachtete und dann Bell einen Augenblick lang fassungslos anstarrte.

»Du lieber Himmel –«, sagte Gold.

Sein Gesicht war blaß geworden.

»Was ist denn los?« fragte Bell verwundert.

»Nichts«, erwiderte Gold kurz, drehte sich um und verließ den Raum, ohne sich zu verabschieden.

Comstock Bell sah ihm kopfschüttelnd nach.

»Wissen Sie, was er hat?« fragte er Helder.

»Keine Ahnung, Mr. Bell. Gold scheint heute ein wenig nervös zu sein – mit mir hat er sich vorhin auch fast gestritten.«

»Warum sagten Sie, daß Sie keine amerikanischen Banknoten hätten? Sie haben doch welche in der Tasche.«

Am Vormittag hatten die beiden eine Meinungsverschiedenheit wegen Washingtons Bild auf den Fünfdollarscheinen gehabt und verschiedene Noten miteinander verglichen. Helder war mit einigen Scheinen Bells zum Fenster gegangen, um sie genauer zu betrachten.

»Hatte ich ganz vergessen –«, brummte Helder. »Abgesehen davon war ich sowieso nicht in der Stimmung, Gold eine Gefälligkeit zu erweisen.«

Bell zuckte die Achseln und wollte gehen, doch Helder hielt ihn zurück.

»Sagen Sie, Mr. Bell, kennen Sie einen gewissen Willetts?«

»Nein«, antwortete Bell. »Wie kommen Sie darauf?«

Helder rieb sich das Kinn.

»Ach, ich habe keinen besonderen Grund«, sagte er dann. »Aber wenn Sie einmal etwas Zeit haben, würde ich mich gern mit Ihnen unterhalten.«

»Über diesen Mann?« fragte Bell scharf.

»Ja, auch über ihn – und über andere Dinge.«

Comstock Bell zögerte.

»Schön, ich werde an einem der nächsten Tage in Ihr Büro kommen.«

Kühl und höflich nickte er Helder zu und verließ den Klub. Er überquerte die Pall Mall und schlenderte dann ziellos durch den Park.

Es war ein herrlicher Frühlingstag, ganz dazu angetan, alle Sorgen zu vergessen, doch Bell nahm keine Notiz von seiner Umgebung. Er hatte einen Plan gefaßt, einen schrecklichen Plan, wie er sich selbst immer wieder sagte – trotzdem wollte er ihn unter allen Umständen ausführen, wer auch immer der Leidtragende sein würde. Einmal mußte er zur Ruhe kommen und endlich diesem schrecklichen Zustand ein Ende bereiten.

Es war ein Plan, der in allen Einzelheiten genau durchdacht war. Tag für Tag und Nacht für Nacht hatte er ihn immer wieder durchkalkuliert und jeden Zug festgelegt.

»Wer auch immer der Leidtragende sein wird ...« murmelte er vor sich hin und seufzte.

Als er zum Viktoria-Denkmal kam, überquerte er die Straße. In seinem Plan fehlte noch ein einziges Glied – er brauchte noch einen Helfer. Zuerst hatte er an Gold gedacht, diesen Gedanken aber bald wieder aufgegeben. Gefühlsmäßig wußte er, daß sich Gold für keine noch so hohe Summe zu so etwas hergeben würde.

In Gedanken durchging er gerade noch einmal alle seine Freunde und Bekannten, als neben ihm ein Taxi hielt. Gold sprang aus dem Wagen, bezahlte den Chauffeur und kam dann auf ihn zu.

»Ich bin Ihnen vom Klub aus gefolgt, Mr. Bell. Könnte ich einen Augenblick mit Ihnen sprechen?«

»Alle scheinen heute das Bedürfnis zu haben, sich mit mir zu unterhalten«, erwiderte Bell freundlich. »Ich habe übrigens gerade sehr intensiv an Sie gedacht.«

Sie verließen die Hauptstraße und bogen in eine Nebenstraße ein, die zu einer kleinen Parkanlage führte.

»Ich möchte ganz offen mit Ihnen reden«, begann Gold nach minutenlangem Schweigen. »Sie haben sich wahrscheinlich gewundert, warum ich Sie vorhin im Klub einfach stehenließ und wegging?«

»Ein wenig seltsam fand ich es schon«, gestand Bell.

»Ich mußte Gewißheit haben, darum die Eile ... Ich hatte einen Verdacht – und dieser Verdacht hat sich bestätigt.«

»Wovon reden Sie – was soll das alles bedeuten?« fragte Bell ein wenig ärgerlich.

»Zwei der Fünfdollarnoten, die Sie mir gaben, sind gefälscht.«

»Gefälscht?«

»Ja, es besteht gar kein Zweifel«, versicherte Gold. »Tausende von gefälschten Scheinen sind schon seit einiger Zeit im Umlauf. Von wem haben Sie die Banknoten bekommen?«

»Ein Mann, den ich im Savoy-Hotel traf, brauchte englisches Geld – ich habe ihm einige Scheine gewechselt.«

Gold sah Bell skeptisch an.

»Stimmt das wirklich?«

»Was wollen Sie damit sagen?« fragte Bell verstimmt. »Glauben Sie, ich würde Ihnen etwas vorlügen?«

»Und wie hieß der Mann?«

In diesem Augenblick erinnerte sich Bell, wie die Scheine in seinen Besitz gekommen waren – er hatte sie von Helder erhalten! Der hatte ihm unter einem fadenscheinigen Vorwand die falschen Noten untergeschoben. Schon wollte er es Gold sagen, als ihm plötzlich ein Gedanke kam – hier war eine günstige Gelegenheit, die er für die Ausführung seines Planes gebrauchen konnte.

»Der Mann hieß Willetts –«, sagte Bell langsam.

»Willetts? Sie haben mir doch neulich erzählt, daß Sie ihn überhaupt nicht kennen?«

»So? Nun, dann habe ich eben jenen Willetts, von dem Sie sprachen, nicht mit dem Mann in Verbindung gebracht, den ich im ›Savoy‹ traf.«

Gold schüttelte den Kopf.

»Na schön«, meinte er. »Ich werde diesen Willetts ausfindig machen ...«

Gold verabschiedete sich, und Bell setzte seinen Spaziergang fort.

8

Nachdem Gold Bell verlassen hatte, nahm er ein Taxi und war gleich darauf mitten in der City. In der Threadneedle Street stieg er aus und kam schließlich durch viele enge Gäßchen zur Little Painter Street. An einem alten Haus entdeckte er das Schild, das er suchte: ›Harald S. Willetts, Börsenmakler‹.

Er stieg in den dritten Stock hinauf und klingelte bei einer Tür, an der ein Messingschildchen mit der gleichen Aufschrift angebracht war.

Niemand antwortete. Auch auf sein energisches Klopfen hin blieb alles stumm. Er ging die Treppe wieder hinunter und erkundigte sich beim Hausmeister.

»Wissen Sie, wann Mr. Willetts anzutreffen ist?«

»Bin ich ein Hellseher?« antwortete der wenig mitteilsame Mann mürrisch.

Gold griff in die Tasche und zog eine Pfundnote heraus, mit der er dem Hausmeister vor der Nase herumwedelte.

»Haben Sie wirklich keine Ahnung?«

Das wirkte. In weniger als zehn Minuten wußte Gold alles, was zu erfahren war – leider war es nicht viel.

»Ich habe den Herrn nur immer bei Dunkelheit kommen und gehen sehen. Er ist nie lange hier und läßt wohl nur seine Post hierherschicken.«

»Wie lange hat er das Büro schon gemietet?«

»Ungefähr seit zwei Jahren. Soviel ich weiß, hält er sich meistens außerhalb Londons auf. Manchmal fährt er wohl sogar nach Amerika.«

»Ist er Amerikaner?« fragte Gold hastig.

»Das kann ich Ihnen nicht sagen. Ich weiß nur, daß er die Miete regelmäßig bezahlt und sein Büro nur selten aufsucht. Wenn Sie es sehen möchten, zeige ich es Ihnen gern.«

Sie stiegen die Treppe hinauf, und der Hausmeister öffnete die Tür. Gold trat in einen kleinen Raum, in dem ein Rollschreibtisch, ein Sessel und ein Schreibtischstuhl standen. Außerdem gab es noch ein Regal mit Büchern über das Finanzwesen und Börsenjahrbüchern. Das war die ganze Einrichtung.

»Ein merkwürdiger Schreibtisch –«, sagte Gold liebenswürdig. »Ich würde mir dieses Modell gern einmal ansehen.«

Der Hausmeister konnte an dem Schreibtisch durchaus nichts Besonderes entdecken, aber er verstand recht gut, was der Besucher wollte. Und da eine Pfundnote schließlich keine Kleinigkeit war und eine gewisse Gegenleistung erforderte, murmelte er vor sich hin, daß er schnell etwas im Treppenhaus nachschauen müsse, und ließ Gold allein.

Gold zog einen großen Schlüsselbund aus der Tasche, und kaum eine Minute verstrich, bis er den richtigen Schlüssel gefunden und den Schreibtisch geöffnet hatte.

Aber er war leer, vollständig leer. In keiner Schublade konnte er auch nur ein einziges Blatt Papier entdecken. Welchem Beruf Willetts auch nachgehen mochte – jedenfalls übte er ihn nicht in diesem Büro aus.

»Wie oft kommt Mr. Willetts eigentlich hierher?« fragte Gold den Hausmeister, als sie zusammen die Treppe wieder hinunterstiegen.

»Wenigstens einmal im Monat – aber ich weiß nie vorher, an welchem Tag.«

»Können Sie ihn mir ungefähr beschreiben?«

»Er hat eine dunkle Gesichtsfarbe und dunkles Haar. Meistens geht er etwas gebückt . . .«

»Ist er groß und schlank?«

»Nein. Ich würde mittelgroß sagen. Aber ich bin ihm immer nur auf der Treppe begegnet.«

»Wie ist seine Stimme?«

»Ja, richtig – er spricht mit einem ausländischen Akzent, etwa so wie ein Franzose.«

»Schön, sagen Sie Mr. Willetts bitte, wenn er wieder herkommt, daß ich ihn gern gesprochen hätte.«

»Und wie ist Ihr Name?«

»Comstock Bell –«, antwortete Gold seelenruhig.

Der Hausmeister sah ihn erstaunt an.

»Aber Sie sind doch nicht Mr. Comstock Bell!«

Gold lachte.

»Na ja, ich wollte nur sagen, daß mich Mr. Bell hierhergeschickt hat«, verbesserte er sich ungezwungen. »Doch woher wollen Sie eigentlich wissen, daß ich nicht Mr. Bell bin?«

»Weil Mr. Bell erst vor zwei Tagen hier war und Mr. Willetts sprechen wollte . . .«

9

Comstock Bell bewohnte ein Haus am Cadogan Square. Die Einrichtung seiner Wohnung zeugte von künstlerischem Geschmack. Er besaß eine Reihe von Bildern moderner Maler, die er sich, auf sein eigenes Urteil abstellend, zusammengetragen hatte.

Um sechs Uhr abends kam Bell nach Hause und ging sofort in sein großes Arbeitszimmer. Er setzte sich an den Schreibtisch und sah die Briefe durch, die gekommen waren. Meistens handelte es sich um Einladungen zu gesellschaftlichen Veranstaltungen.

Abwesend strich seine Hand über die Tasten der Reiseschreibmaschine, die vor ihm stand. Schließlich drückte er auf einen Klingelknopf und wartete, bis der Diener hereinkam.

»Ich habe gestern einen Gummistempel in Auftrag gegeben. Ist er schon gekommen?« fragte er.

»Jawohl, Sir. Vor einer Stunde wurde er abgeliefert.«

Der Diener lief hinaus und kam gleich darauf mit einem Päckchen zurück.

Es enthielt einen kleinen Gummistempel und ein Stempelkissen. Bell nahm den Stempel heraus und besah ihn von allen Seiten. Es war ein Faksimile seiner eigenen Unterschrift. Er hatte es bei seiner Bank durchgesetzt, daß ein Scheck ausbezahlt wurde, wenn er damit gestempelt war. Es hatte einiger Überredung bedurft, bis die Bank damit einverstanden gewesen war. Der Bankdirektor selbst hatte ihm auseinandergesetzt, daß das ein großes Risiko sei.

Bell legte den Gummistempel in eine kleine Kassette, verschloß sie und steckte den Schlüssel in seine Westentasche.

»Parker«, wandte er sich wieder an den Diener, »ich werde England in einigen Wochen verlassen, und ich möchte, daß Sie auf das Haus achtgeben. Selbstverständlich habe ich dafür gesorgt, daß Ihr Gehalt regelmäßig ausgezahlt wird. Einige Instruktionen erhalten Sie dann noch.«

»Werden Sie lange fortbleiben, Sir?«

Bell zögerte einen Augenblick.

»Es ist möglich, daß ich – einige Jahre im Ausland bin.«

»So lange, Sir?«

Bell trat ans Fenster und schaute geistesabwesend hinaus. Der Diener machte eine Bewegung, als ob er gehen wollte.

»Warten Sie noch einen Augenblick, Parker«, sagte Bell, ohne sich umzudrehen, und blieb eine ganze Weile so stehen, als ob er selbst nicht wüßte, was er sagen sollte. Irgendein Entschluß schien ihm schwerzufallen. »Ich werde mich verheiraten.«

Jetzt hatte er es gesagt und schien sich erleichtert zu fühlen. Vielleicht würde er jetzt den Mut finden, es auch allen seinen Bekannten zu sagen.

»Ich bin im Begriff, mich zu verheiraten«, wiederholte er halblaut.

»Darf ich mir erlauben, Ihnen mit allem Respekt zu gratulieren –«, sagte Parker ein wenig kleinlaut.

»Wegen Ihrer Stellung brauchen Sie sich keine Gedanken zu machen. Für Sie wird sich nicht viel ändern, da ich, wie gesagt, mit meiner Frau im Ausland leben werde.«

Eine Pause entstand.

»Darf ich mir die Frage gestatten, ob ich die Dame kenne?«

»Das ist anzunehmen.« Bell biß sich nervös auf die Lippen. »Wahrscheinlich kennen Sie sie.« Wieder trat eine Pause ein. »In etwa einer Stunde erwarte ich Mrs. Granger Collak. Führen Sie die Dame herein.«

Parker machte eine Verbeugung und ging hinaus.

Bell setzte sich wieder an den Schreibtisch. Er dachte an Mrs. Granger Collak und an das, was über sie geredet wurde. Ihr Ruf war wirklich nicht der allerbeste. Diese ungewöhnlich schöne Frau führte einen Lebenswandel, den auch großzügige Leute als ziemlich unmoralisch bezeichneten.

Er schaute sich im Zimmer um und mußte trotz der Sorgen, die ihn bedrückten, lächeln. Sollte er sie heiraten, dann würde sie das Haus vollständig auf den Kopf stellen. Mit seinem großen Vermögen würde sie höchstwahrscheinlich auch bald fertig sein – oder zumindest in aller Harmlosigkeit versuchen, ihn finanziell zu ruinieren. Die Leute würden hinter seinem Rücken lachen und ihn bemitleiden – aber was brauchte ihn das schließlich zu kümmern! Wenn nur seine Mutter nichts davon hörte – doch die wohnte in den Vereinigten Staaten und lebte so zurückgezogen, daß der Londoner Klatsch kaum zu ihr dringen konnte. Sicher, ein wenig bestürzt wäre sie bestimmt über die leichtlebige Schwiegertochter. Aber schließlich gab es noch schlimmere Dinge auf der Welt.

In gewisser Weise war Mrs. Granger Collak eine sehr kluge Frau. Vor allem hatte sie es verstanden, bei all ihren Eskapaden stets einen gewissen Stil zu wahren. Er wußte zum Beispiel, daß sie schweigen konnte wie das Grab, wenn es not tat. Das hatten erst kürzlich die Rechtsanwälte während ihres skandalösen Ehescheidungsprozesses erfahren.

Jetzt wollte sie reisen und brauchte Geld. Das konnte er ihr geben. Er wollte dafür nur von ihr verlangen, daß sie sich so anständig wie möglich betrug.

Um sieben Uhr führte Parker die Dame ins Arbeitszimmer.

Sie trug ein Schneiderkostüm, das in seiner Einfachheit ihre attraktive Erscheinung noch unterstrich.

»Bitte, nehmen Sie hier Platz . . .« Er schob einen großen, bequemen Klubsessel neben seinen Schreibtisch, so daß sie ihm schräg gegenübersaß. »Nun, Mrs. Collak, was kann ich für Sie tun?«

»Sie meinen, wieviel Geld nötig ist, um meine Sorgen zu verjagen?« fragte sie lächelnd. »Ich denke, dreitausend Pfund würden genügen. Natürlich könnte ich auch mit weniger verreisen«, fügte sie bei, »und am liebsten würde ich Sie überhaupt nicht darum bitten.«

Er zog eine Schreibtischschublade auf und holte ein Scheckbuch heraus. Mit der nicht verbundenen Hand riß er ein Scheckblatt ab und reichte es ihr.

»Füllen Sie ihn bitte aus – und machen Sie ihn zahlbar für den Überbringer.«

Erst jetzt bemerkte sie, daß seine rechte Hand verbunden war.

»Haben Sie sich verletzt?« fragte sie erschrocken.

»Nicht so schlimm . . .«

Bell gab ihr seinen Füllfederhalter, holte dann aus einer anderen Schublade die Kassette und öffnete sie. Er drückte den Stempel auf das Farbkissen, nahm den ausgefüllten Scheck wieder in Empfang und stempelte seine Unterschrift darunter.

»Man wird Ihnen diesen Scheck einlösen«, sagte er. »Und nun möchte ich noch kurz mit Ihnen sprechen.«

Sie faltete den Scheck zusammen, steckte ihn in ihre Handtasche und lehnte sich erwartungsvoll in den Sessel zurück.

»Bitte, glauben Sie nicht, daß ich Ihnen Ermahnungen mit auf den Weg geben will –«, begann er lächelnd. »Ich möchte über eine Angelegenheit mit Ihnen sprechen, die mich angeht.« Er rutschte nervös auf seinem Stuhl hin und her. »Ich will mich nämlich verheiraten.«

»Das freut mich aber!« sagte sie erstaunt. »Wer ist denn die Glückliche?«

»Ich weiß es noch nicht.«

Sie beugte sich etwas vor und runzelte die Stirn.

»Das wissen Sie nicht? Mein lieber Comstock, was soll der Unsinn?«

Er schüttelte den Kopf.

»Es ist kein Unsinn. Ich habe mich noch nicht entschieden, ich wollte Sie fragen ...«

Er machte eine Pause. Irgend etwas hinderte ihn daran, fortzufahren.

»Nun?«

»Ach, ich kann es Ihnen nicht sagen.«

Sie schaute ihn aufmerksam an, dann lachte sie.

»Wirklich, Comstock, Sie sind zu komisch – sagen Sie mir doch, wer es ist, und ich werde Sie gern beraten.«

»Ich muß mir alles noch einmal gründlich überlegen«, gestand er verlegen und erhob sich.

Sie zuckte die Schultern, stand ebenfalls auf und gab ihm die Hand.

»Es tut mir wirklich leid, daß Sie sich mir nicht anvertrauen wollen. Ich gehe jetzt wohl am besten. Haben Sie vielen Dank, Comstock!«

Er machte eine abwehrende Handbewegung.

»Sprechen wir vorerst nicht mehr darüber – ich werde Sie in den nächsten Tagen noch aufsuchen. Sie verlassen London doch nicht sofort?«

»Nein, ich bleibe bis Ende der Woche hier.«

Er begleitete sie bis zur Haustür.

»Leben Sie wohl – und meinen herzlichsten Dank«, sagte sie noch einmal.

»Auf Wiedersehen also!« rief er ihr nach. »Vielleicht komme ich schon morgen zu Ihnen, wenn ich mehr Mut habe ...«

Während sie, über sein sonderbares Benehmen nachdenkend, zu ihrer Wohnung in der Nähe von Knightsbridge zurückfuhr, saß Comstock Bell wieder vor seinem Schreibtisch und schaute gedankenverloren vor sich hin.

Er ließ sich ein einfaches Abendessen bringen, und nachdem er gegessen hatte, verschloß er die Zimmertür.

Parker, der vorbeiging, hörte das Klappern der Schreibmaschine.

Um neun Uhr öffnete Bell die Tür wieder und ging nach oben in sein Zimmer. Dort klingelte er nach Parker.

»Wer ist noch im Haus?« fragte er.

»Thomas sitzt in der Küche, Sir.«

»Sagen Sie ihm, daß er warten soll, bis ich nach ihm klingle. Ich möchte, daß Sie zur Charing Cross Station fahren und fragen, um wieviel Uhr die Nachtpost vom Kontinent ankommt.«

»Soll ich nicht telefonieren, Sir?«

»Nein, gehen Sie bitte selbst«, sagte Bell ungeduldig. »Ich möchte, daß Sie sich persönlich ganz genau erkundigen. Sollte ich nicht mehr zu Hause sein, wenn Sie zurückkommen, rufen Sie mich im Klub an.«

Er wartete, bis Parker das Haus verlassen hatte, dann begann er sich hastig umzuziehen. Aus einem Schrank, den er stets gut verschlossen hielt, holte er einen abgetragenen Anzug, zog ihn an, setzte sich einen weichen Filzhut auf und schlüpfte in einen Regenmantel. Dem kleinen Schlafzimmertresor entnahm er ein dickes Paket Banknoten und ließ es in seine Tasche gleiten. Prüfend sah er sich im Zimmer um – sein Blick fiel auf den Anzug, den er ausgezogen hatte. Eilig legte er ihn über einen Bügel und hängte ihn in den Kleiderschrank. Dann verließ er das Zimmer, verschloß die Tür und eilte die Treppe hinunter. Vorsichtig öffnete er die Haustür und trat auf die Straße.

Ohne nach rechts und links zu sehen, machte er sich mit schnellen Schritten auf den Weg. Er vermied belebte Straßen, machte verschiedene Umwege und gelangte schließlich zur Kings Road in Chelsea. Gleich darauf bog er in eine Gasse ein, die zum Themseufer führte.

Es hatte zu regnen begonnen. Schwarz lag der Fluß vor ihm, Nebelschwaden trieben über die Wasseroberfläche. Das grüne und das rote Licht eines Schleppdampfers schimmerte schwach durch den milchigen Dunst.

Bell ging am Ufer entlang, bis er zu einer kleinen Treppe kam, die direkt zum Fluß hinunterführte.

Ein Ruderboot hatte dort angelegt. Zwei Leute in glänzendem Ölzeug saßen auf den Ruderbänken.

»Lauder!« rief Bell.

»Jawohl, Sir!« antwortete eine Stimme, und das Boot wurde mit einem Ruderschlag unmittelbar an die Treppenstufen gebracht. »Geben Sie mir Ihre Hand, Sir!«

Bell packte die Hand, die sich nach ihm ausstreckte, und sprang gewandt ins Boot. Die beiden Männer ruderten mit weitausholenden, kräftigen Schlägen auf die Flußmitte zu.

»Wir sind da! Hier liegt die ›Seabreaker‹.«

Der ältere der beiden Männer zeigte auf einen Schlepper, der direkt vor ihnen lag. Es war ein großes, solid gebautes Schiff, das durchaus auch auf offener See fahren konnte.

Das Boot legte auf der Steuerbordseite an und machte an einem Tau fest. Bell kletterte eine Strickleiter hinauf und schwang sich, oben angelangt, über die Reling.

»Sie müssen unbedingt ein ordentliches Fallreep beschaffen, Captain«, sagte er.

Lauder, ein kräftiger, untersetzter Mann mit dichtem, graumeliertem Vollbart, legte die Hand an den Südwester.

»Ich habe es schon in Auftrag gegeben, Sir.«

»Es wäre mir lieb, wenn Sie dafür sorgten, daß es schon morgen angebracht wird. Ich möchte mir jetzt das Schiff ansehen.«

Der Schlepper war ganz neu. Eine Reihe von Lampen beleuchteten das Oberdeck. Achtern, wo sich sonst die Vorrichtungen zur Befestigung der Schleppseile befinden, war das große, breite Deck in einen mit Glaswänden abgeschlossenen, geschmackvoll eingerichteten Aufenthaltsraum umgewandelt worden.

Bell stieg die Leiter zur Kommandobrücke hinauf und besichtigte die dahinterliegenden Räume. Die beiden Einzelkabinen waren freundlich möbliert. Unter dem einen Fenster stand ein Bett, unter dem andern ein Schreibtisch. Der Fußboden war mit einem hübschen Teppich ausgelegt. Außer durch die Seitenfenster erhielten die Kabinen auch noch von oben Licht. Die Decken bestanden aus Milchglas. Eine schmale Tür führte in ein kleines, luxuriös ausgestattetes Badezimmer.

Zum Schluß suchte Bell den Salon auf. An einer Wand stand ein großes Bücherregal. Tischchen, Sessel, ein breites Sofa und ein Teppich vervollständigten die Einrichtung.

»Kommen Sie herein, Captain Lauder!« rief Bell durch die offenstehende Tür.

Lauder, der draußen gewartet hatte, trat ein.

»Bitte, nehmen Sie Platz! Sie kennen also Ihre Instruktionen genau?«

»Jawohl, Sir.«

»Sind Sie mit dem Schiff zufrieden?«

»Vollkommen. Ich bin letzte Woche damit bei starkem Südwest in die Nordsee gefahren, und das schlechte Wetter hat ihm nicht das geringste anhaben können.«

»Wie steht es mit der Besatzung?«

»Sie ist unbedingt zuverlässig, Sir. Ich habe meine beiden Söhne mit an Bord genommen. Sie haben vor einiger Zeit ihr Steuermannsexamen gemacht. Unten im Maschinenraum arbeitet mein Bruder Georg mit seinem Sohn und einem weiteren befreundeten jungen Mann.«

»Dann ist ja fast die ganze Familie beisammen?« Bell lächelte. »Aber am Ende hängt doch alles von Ihnen ab, Lauder!«

»Sie können sich auf mich verlassen«, sagte der Kapitän. »Ich werde nie vergessen, was ich Ihnen verdanke.«

»Ich selbst bin Ihnen zu Dank verpflichtet, aber darüber wollen wir nicht mehr reden. Wenn Sie das Fallreep angebracht haben, fahren Sie nach Gravesend hinunter und warten dort weitere Befehle ab. Sie können ruhig an Land gehen, bis ein Telegramm von mir eintrifft. Dann tun Sie alles, was in dem versiegelten Brief steht, den ich Ihnen gegeben habe. Und bedenken Sie immer, daß ich nichts von Ihnen verlange, was gegen die Gesetze verstößt. Weder Sie noch die Mannschaft brauchen sich die geringste Sorge zu machen.«

»Davon bin ich überzeugt.«

»Legen Sie dieses Geld in Ihren Safe.« Bell zog das Banknotenpaket aus seiner Tasche. »Es reicht einige Zeit für alle Ausgaben und Löhne.«

Sie stiegen wieder ins Boot hinunter, und Bell ließ sich an Land rudern.

10

Helder klingelte, und Verity, die gerade einen Artikel ins Englische übersetzte, unterbrach ein wenig ungehalten ihre Arbeit und ging in sein Büro hinüber. Er hatte sie an diesem Tag schon zweimal gerufen und war jedesmal sehr liebenswürdig zu ihr gewesen.

Als sie eintrat, blätterte er in einem Prospekt für Druckereimaschinen.

»Ach, Miss Maple –«, sagte er freundlich, »ich habe nach Ihnen geklingelt, um Ihnen zu sagen, daß ich sehr zufrieden mit Ihrer Arbeit bin.«

Vor drei Tagen erst hatte sie die Stelle angetreten, und deshalb ärgerte sie sich über dieses voreilige Lob.

»Nehmen Sie doch bitte Platz . . .« Er legte den Prospekt beiseite. »Ich habe einiges mit Ihnen zu besprechen.«

»Danke, ich bleibe lieber stehen«, erwiderte sie.

»Wie Sie wünschen. Es stört Sie doch nicht, wenn ich sitzen bleibe? Also – erstens möchte ich Ihnen sagen, daß ich Ihnen statt der vereinbarten drei Pfund wöchentlich vier Pfund zahlen werde.«

»Ich glaube, Sie zahlen mir genug für meine Arbeit. Es gibt ja nicht viel zu tun.«

»Mit der Zeit wird es mehr Arbeit geben. Es ist nur im Augenblick etwas still. Übrigens – Sie sind doch die Nichte einer in Fachkreisen sehr berühmten Persönlichkeit?«

Sie wurde rot.

»Ich meine das nicht ironisch«, beteuerte er schnell. »Thomas Maple hat tatsächlich einen außerordentlichen Ruf. Soviel ich weiß, hat er die neuen österreichischen Banknoten graviert.«

»Ich weiß wenig über die Geschäfte meines Onkels –«, antwortete sie, »nur so viel, daß er früher Platten für Banknoten graviert hat.«

»Früher?«

»Er lebt jetzt ganz zurückgezogen. Aber wenn es Ihnen nichts ausmacht, Mr. Helder, möchte ich lieber nicht über meinen Onkel sprechen.«

Er lächelte wohlwollend.

»Meine liebe Miss Maple, ich wollte mich nicht in Ihre Privatangelegenheiten einmischen, aber interessante Leute beschäftigen mich nun einmal.«

Er schaute sie an. Sie war wirklich außerordentlich hübsch, und er betrachtete es als einen persönlichen Erfolg, daß er sie für sein Büro hatte gewinnen können.

»Ich werde Sie Verity nennen –«, sagte er plötzlich.

Sie wurde rot und sah zur Seite.

Er ging auf sie zu und legte ihr seine Hände auf die Schultern, während sie ihn starr vor Schrecken anblickte.

»Verity, wir müssen gute Freunde werden . . .«

Bevor sie eine abwehrende Bewegung machen konnte, legte er den Arm um sie. Sie stieß einen Schrei aus und riß sich los.

»Seien Sie doch ruhig!« flüsterte er aufgeregt.

Ohne ein Wort rannte sie zur Tür, doch bevor sie sie aufreißen konnte, hatte er sie eingeholt und gepackt.

»Lassen Sie sich ja nicht einfallen, irgend jemandem etwas zu erzählen – auch Ihrem Onkel nicht! Verstehen Sie mich?« Er schüttelte sie wild hin und her. »Und morgen früh kommen Sie wie gewöhnlich hierher. Wenn Sie es nicht tun, werde ich Sie finden – und dann . . . Ich brauche nur gewisse Dinge zu erzählen.«

»Lassen Sie mich gehen!« bat sie leise.

Er riß sie wieder an sich. Es war ihm anzusehen, daß er nicht mehr wußte, was er tat.

Sie schrie, so laut sie konnte – in diesem Augenblick flog mit einem Ruck die Tür auf, und Comstock Bell kam herein.

Helder ließ Verity sofort los. Er war jetzt so blaß wie sie und zitterte an allen Gliedern. Mit einem Blick überflog Bell die Szene.

»Das dumme Ding hat sich mir in die Arme geworfen –«, begann Helder keuchend. »Wirklich . . .«

Bell sah von ihm zu Verity hinüber, die totenbleich und mit geschlossenen Augen an der Wand lehnte.

»Helder, Sie sind ein dreckiges Schwein – glauben Sie vielleicht, Sie könnten mich hinters Licht führen? Sie haben sich wie ein Schuft benommen, und das sind Sie ja schließlich auch! Jeder weiß das.«

Verity öffnete die Augen und sah ihn an. Einen Augenblick begegneten sich ihre Blicke, dann schwankte sie und taumelte einige Schritte auf ihn zu. Bell fing sie auf, führte sie ins Nebenzimmer und setzte sie in einen Sessel. Sie dankte ihm leise für seine Hilfe. Er schaute sie interessiert an.

»Erholen Sie sich hier ein wenig«, sagte er freundlich. »Ich werde Helder solange beschäftigen. Wenn Sie sich besser fühlen, verlassen Sie schnell das Haus. Am besten, Sie nehmen ein Taxi und fahren heim.«

Sie nickte, und er ging wieder ins Büro hinüber. Helder saß wütend an seinem Schreibtisch. Bell schloß die Tür und warf ihm einen verächtlichen Blick zu.

»Sie sind doch wirklich ein elender Schuft –«, sagte er. »Eigentlich sollte ich Sie am Kragen packen und zum Fenster hinauswerfen!«

Helder erwiderte nichts. Er schaute Bell nur von unten herauf mit einem haßerfüllten Blick an.

Bell zog sich einen Stuhl in die Nähe des Schreibtisches und setzte sich.

»Da ich nun einmal hier bin, möchte ich doch noch die Sache besprechen, wegen der ich herkam.«

Helder riß sich zusammen. Obwohl er wußte, das Bell der letzte war, der solche Geschichten weitererzählte, kam ihm doch zum Bewußtsein, daß ihn dieser Mann jetzt in der Hand hatte. Es würde einen Skandal ohnegleichen geben ...

»Über das, was ich gerade gesehen habe, will ich nicht mehr reden – wenigstens vorerst nicht ... Jetzt erzählen Sie mir vor allem, was Sie über Willetts wissen!«

»Interessiert Sie das wirklich so sehr?« fragte Helder mißmutig.

»Ich möchte alles wissen, was mit Willetts zusammenhängt.«

Helder stand auf und ging im Büro auf und ab. Er mußte mit allen Mitteln versuchen, Herr der Situation zu werden. Plötzlich drehte er sich um.

»Willetts war der Mann, der unter Umständen, die Ihnen bekannt sind, eine Fünfzigpfundnote fälschte. Das ist allerdings schon einige Zeit her, aber die Polizei hat jetzt einen Haftbefehl gegen ihn erlassen.«

»Das ist mir bekannt.«

Bell verriet keinerlei Erregung.

»Außerdem habe ich Grund zu der Annahme, daß Sie von den Fälschungen wußten oder sogar daran beteiligt waren.«

»So – nehmen Sie das an?«

»Ja. Sie haben Willetts finanziert – und jetzt beschlossen Sie aus irgendeinem Grund, ihn anzuzeigen.«

»Wer erzählte Ihnen das?«

»Ich habe es zufällig herausgebracht und erhielt vorige Nacht den Beweis dafür.«

»Was ist das für ein Beweis?«

»Sie waren doch gestern im Terriers-Klub, nicht wahr?«

»Richtig, ich war einige Zeit dort.«

»Sie schrieben einen Brief – trotz Ihrer angeblich verletzten Hand.« Helder zog ein Fach seines Schreibtisches auf und holte ein

Löschblatt heraus. »Damit haben Sie den Brief abgelöscht«, sagte er triumphierend. »Soll ich Ihnen sagen, was darin steht?«

»Ersparen Sie sich die Mühe«, erwiderte Bell kühl.

»Sie schrieben folgendes an Morrison von Scotland Yard: ›Der Mann, den Sie in Verbindung mit der Fälschung einer Fünfzigpfundnote bringen können, ist Harald Willetts. Er arbeitet augenblicklich als Börsenmakler in der Little Painter Street. In acht Tagen wird er vermutlich in die Stadt zurückkommen, und Sie werden in seinem Büro und bei ihm selbst genug Belastungsmaterial finden, um ihn überführen zu können.‹« Helder faltete das Löschblatt, das er gegen das Licht gehalten hatte, zusammen und legte es in die Schublade zurück. »Haben Sie das geschrieben?«

»Vielleicht.«

»Es war wirklich ein glücklicher Zufall, daß ich in den Besitz dieses ›Duplikats‹ kam. Und Sie – Sie wagen es, mir Vorschriften darüber zu machen, was ich tun und lassen soll! Ein Mensch, der einen anderen verrät, um sich selbst zu retten!« Helder lehnte sich über den Schreibtisch, und seine Stimme zitterte vor Wut. »Mr. Bell – ich könnte Sie ruinieren, wenn ich wollte!«

Comstock Bell schwieg einen Augenblick.

»Wiederholen Sie das besser nicht noch einmal!« sagte er dann langsam, jedes Wort betonend.

Helder ließ sich in seinen Stuhl zurückfallen und starrte ihn an.

Bell stand auf und ging zur Tür. Dort drehte er sich nochmals um.

»Das Herstellen von Falschgeld scheint in unseren Kreisen allgemein beliebt zu sein – die einen machen es zu ihrem Vergnügen, die anderen betreiben es kaltblütig als Geschäft. Ich habe erfahren, daß Sie eine kleine Druckerei in Shropshire besitzen. Wenn ich Ihnen einen Rat geben darf – schließen Sie diesen Betrieb, und bringen Sie Ihre Zeichner und Graveure in eine weniger gefährliche Umgebung!«

11

John B. Wanager, ein Sprecher des Finanzministeriums, teilt mit, daß falsche Banknoten im Wert von zwanzig Millionen Dollar im Umlauf sind. Diese Nachricht hat in Bankkreisen größte Bestürzung hervorgerufen. Wallstreet zeigt sich sehr beunruhigt. Die Geldscheine sind so vorzüglich gefälscht und gedruckt, daß sie mit den üblichen Mitteln nicht von echten zu unterscheiden sind. Sie müssen irgendwo in riesigen Mengen gedruckt werden, und verschiedene Umstände deuten darauf hin, daß dies in Europa geschieht. Auf irgendeine Weise werden die Scheine unter Umgehung der Zollkontrolle ins Land gebracht und mit Hilfe eines glänzend organisierten Verteilersystems auf den Markt geworfen.

Wentworth Gold las diesen Absatz in einer New Yorker Zeitung, aber er regte sich bei weitem nicht so darüber auf, wie er es noch tags zuvor getan hätte. Natürlich – lieber wäre ihm gewesen, wenn er die Angelegenheit hätte aufklären können, ohne daß viel davon in die breite Öffentlichkeit gedrungen wäre. Aber da es nun einmal geschehen war . . .

Grund seiner Zuversicht war ein Telegramm von Maple, der ihn aufforderte, am Nachmittag vorbeizukommen.

Als Gold das Haus in Peckham erreichte, war er überrascht, daß ihm Verity Maple öffnete. Sie sah kränklich aus, doch bevor er sich nach ihrem Ergehen erkundigen konnte, stürzte Maple auf ihn zu.

»Kommen Sie herein, Mr. Gold! Ich hab's herausgebracht!«

Erregt packte er ihn am Arm und zog ihn in die Küche. Wie gewöhnlich war der Küchentisch bedeckt mit allen möglichen Utensilien. Maple griff zielsicher in das Durcheinander und hob ein kleines Schälchen in die Höhe, das mit einer farblosen Flüssigkeit gefüllt war. Vorsichtig stellte er es neben ein Häufchen neuer Banknoten.

»Passen Sie genau auf!« flüsterte er heiser.

Er tauchte den Finger in die Flüssigkeit und befeuchtete eine

Banknote nach der anderen jeweils an der linken Ecke. Die erste Note zeigte – außer der nassen Stelle – kein Ergebnis. Bei der zweiten war es nicht anders.

»Echte Scheine – echte Scheine . . .« stieß Maple hervor.

Ein triumphierendes Lächeln lag auf seinem Gesicht.

Beim dritten Schein, den er mit der Flüssigkeit bestrich, zeigte sich eine Reaktion, mit der er gerechnet haben mußte – die Stelle, auf die er seinen Finger gedrückt hatte, verfärbte sich lila.

»Das ist die Einwirkung der Flüssigkeit auf das Wasserzeichen«, sagte Maple und probierte es noch mit einem anderen Schein.

Wieder zeigte sich die gleiche Verfärbung.

Als er alle Banknoten untersucht hatte, breitete er sie auf dem Tisch aus. Ein Teil hatte sich verfärbt, ein Teil nicht.

»Verstehen Sie?« rief er dann stolz. »Das ist meine Entdeckung, Mr. Gold . . . Die Flüssigkeit hat die Eigenschaft, das Wasserzeichen der gefälschten Banknoten zu verfärben.« Er kicherte leise. »In jeder Bank, in jedem Geschäft Amerikas wird eine Zeitlang so ein Schälchen stehen müssen, mit dessen Hilfe man jede Fälschung sofort kenntlich machen kann.«

Gold erkannte sogleich die Bedeutung von Maples Entdeckung. Die Methode war ein wenig umständlich, aber wirksam. Und man würde in Kürze jede falsche Note identifizieren können.

»Geben Sie mir das Rezept Ihrer Wundertinktur – es muß sofort an die zuständigen Stellen weitergeleitet werden!« sagte er eifrig.

»Nicht so hastig, lassen Sie mir Zeit bis heute abend. Dies hier ist das erste Resultat meiner Versuche, ich muß jetzt das Rezept noch genau ausarbeiten.«

Gold sah auf seine Uhr. Er hätte gern gewartet, bis es soweit war. Jetzt sah er das Ende der Fälscherbande vor sich und ärgerte sich über jeden Zeitverlust.

»Ich fahre gleich zum Konsulat. Wann soll ich zurückkommen?«

»Gegen neun Uhr«, sagte Maple.

Verity war bei dieser Unterredung nicht dabei gewesen. Gold

sah sie im Vorbeigehen durch die offene Wohnzimmertür. Sie stand am Fenster und blickte hinaus.

»Ich möchte gern noch kurz mit Ihrer Nichte sprechen«, sagte er zu Maple.

Sie drehte sich um, als er eintrat.

»Wie ich höre, haben Sie Ihre Stelle bei Helder wieder aufgegeben?«

»Ja, ich bin weggegangen.«

Er wartete, ob sie ihm mehr erzählen würde.

»Bitte, sprechen wir nicht mehr darüber«, bat sie.

»Hm!« meinte Gold. »Es tut mir leid, daß ich Ihnen geraten habe, zu ihm zu gehen.«

Er verließ das Haus und ging zur Peckham Rye Station.

Seine Laune hatte sich sichtlich gebessert, und er schritt aus wie jemand, der keine Sorgen kennt. Er merkte nicht, daß ihm zwei Männer folgten, die ihn beobachteten, bis er den Bahnhof betrat und sich auf dem Bahnsteig unter die Wartenden mengte.

Gegen halb neun Uhr abends machte sich Wentworth Gold wieder auf den Weg nach Peckham. Auf dem Bahnsteig der Victoria Station traf er Verity Maple, die den gleichen Zug benutzen wollte.

»Fein, daß ich Sie treffe!« sagte er. »Aber ich verspreche Ihnen, nicht mehr über Helder zu reden – ich weiß einiges über ihn und kann mir vorstellen, daß er Sie belästigt hat.«

»Es scheint mein Schicksal zu sein, von allen möglichen Leuten belästigt zu werden«, erwiderte sie mit einem schwachen Lächeln.

»Warum, was ist denn passiert?« fragte er, als sie zusammen in einem Abteil saßen.

»Um sechs Uhr abends erhielt ich ein Telegramm mit der Aufforderung, sofort nach London zu kommen.«

Sie nahm ein Telegrammformular aus ihrer Handtasche und gab es ihm.

Gold las: ›Ich muß Sie sofort sprechen.‹ Den unterzeichneten Namen kannte er nicht.

»Wer hat es geschickt?«

»Der Nachlaßverwalter Lord Dellboroughs. Ich dachte natürlich, daß man von mir, als der früheren Sekretärin des Lords, eine Auskunft haben wollte. Aber ich fuhr ganz umsonst hin.«

»Warum das?«

Sie faltete das Formular wieder zusammen und steckte es in ihre Tasche zurück.

»Man hatte gar nicht nach mir verlangt. Der Nachlaßverwalter wußte nichts von dem Telegramm.«

»Verdammt!« stieß Gold hervor.

Da stimmte doch etwas nicht . . . Aus irgendeinem Grund hatte sie jemand von zu Hause fortgelockt.

Sobald der Zug in den Bahnhof eingefahren war, sprang er heraus, half Verity vom Trittbrett und lief mit ihr zum nächsten Taxistand.

»Crystal Palace Road – fahren Sie so schnell wie möglich!«

Verity sah ihn erstaunt an.

»Warum . . . ?«

»Oh, nichts . . .«

Der Wagen bremste vor dem Haus, und Gold stieg aus. Er nahm sich kaum Zeit, dem Mädchen herauszuhelfen. Dem Chauffeur drückte er ein Geldstück in die Hand und lief zur Haustür.

»Warten Sie hier –«, rief er Verity über die Schulter zu, »geben Sie mir den Schlüssel!«

Sie gab ihm den Schlüssel und blieb stehen. Er öffnete und verschwand im dunklen Hausgang – sie hatte gerade noch gesehen, wie er eine Pistole zog.

Gold tastete sich den finsteren Gang entlang, bis er an die Küchentür stieß. Er drückte auf die Klinke und versuchte zu öffnen – doch irgend etwas setzte ihm Widerstand entgegen. Mit aller Kraft stemmte er sich gegen die Tür, bis sie langsam nachgab.

Er fand den Lichtschalter und übersah gleich darauf die Situation – Maple lag betrunken am Boden, und eine leere Whiskyflasche erklärte seinen Zustand unmißverständlich.

Gold lief zum Tisch.

Das Schälchen war verschwunden, ebenso die Banknoten, mit denen Maple experimentiert hatte.

Gold fluchte zusammenhanglos. Genau das war es, was er befürchtet hatte!

Er versuchte, Maple aufzuheben, aber das war zwecklos. Der Mann hing so schlaff in seinen Armen wie ein Mehlsack. Ärgerlich ging er zu dem Mädchen zurück, das ihn ängstlich ansah.

»Ihrem Onkel geht es nicht gut – haben Sie Freunde, zu denen ich Sie bringen kann?«

Es war nicht nötig, ihr zu erklären, was mit ihrem Onkel los war. Sie hatte ähnliche Situationen schon oft genug erlebt.

»Ich – ich habe ein paar Bekannte in der Stadt . . .« flüsterte sie.

Er nickte, schloß die Tür und begleitete sie zum Bahnhof. Erst als er sie sicher in einem Abteil untergebracht hatte, kehrte er zu dem Haus zurück.

Als sein Taxi in die Crystal Palace Road einbog, fuhr ein anderes Auto in entgegengesetzter Richtung schnell an ihm vorbei.

Er erreichte das Haus, schloß wieder auf und ging hinein. Im Gang stieß er mit dem Fuß an einen Gegenstand und hob ihn auf. Es war ein feiner Stahlstichel, wie ihn Graveure verwenden.

Gold steckte ihn in die Tasche und ging in die Küche.

Aber die Küche war leer – Tom Maple war verschwunden.

12

Es war neun Uhr abends, langsam legte sich die Dämmerung über das Häusergewirr Londons. Ein schlanker Mann schritt eilig durch die Little Painter Street. Vor einem alten Haus machte er halt, öffnete die Tür, trat schnell ins Treppenhaus und blieb lauschend stehen. Kein Laut war zu hören. Der Mann wußte, daß der Hausmeister um diese Zeit nicht da war.

Er zögerte noch ein wenig, dann lief er rasch die Treppe hinauf, bis er zu der Tür mit der Aufschrift ›Willetts‹ kam. Er öffnete und trat ein.

Hastig setzte er sich an den Tisch, zog ein paar unbeschriebene Briefblätter aus seiner Brusttasche und begann zu schreiben.

Fast eine Stunde lang schrieb er und hielt nur einmal inne, um sich eine Zigarette anzustecken. Er war darauf bedacht, die Asche vorsichtig in den Papierkorb abzustreifen. Als er zu Ende geraucht hatte, warf er den Stummel durch das offene Fenster in den Hof.

Er beschrieb einige Blätter. Als er fertig war, las er alles noch einmal genau durch und brachte an verschiedenen Stellen Korrekturen an. Dann zog er seine Brieftasche hervor, entnahm ihr drei amerikanische Banknoten im Wert von je tausend Dollar, schob Geld und Briefblätter in einen länglichen Umschlag und schrieb eine Adresse darauf.

Er steckte das Kuvert in die Brusttasche, drehte das Licht aus und saß lange mit gesenktem Kopf vor dem Schreibtisch. Erst als eine Uhr in der Stadt elf schlug, erhob er sich mit einem leisen Seufzer, trat ans Fenster, schaute hinaus und schloß es dann behutsam. Er tastete sich durch das dunkle Zimmer zur Tür, öffnete sie und lauschte. Das Haus war totenstill.

Schnell huschte er die Treppe hinunter, öffnete lautlos die Haustür und trat auf die Straße. Beim nächsten Briefkasten hielt er an, um den Brief einzuwerfen. Er war an Comstock Bell, Terriers-Klub, adressiert. Ein schwaches Lächeln giltt über die Züge des Mannes, als er den Brief in den Kasten schob.

Am nächsten Tag kam Comstock Bell zum Lunch in den Terriers-Klub. Der Portier übergab ihm einen Brief, dessen Adresse in einer sehr merkwürdigen Handschrift geschrieben war. Ein Sachverständiger hätte sofort erkannt, daß hier jemand seine Schrift verstellt hatte.

Helder, der Bell am Eingang getroffen hatte, beobachtete scharf, wie der andere das Kuvert von allen Seiten betrachtete, in der Hand wog und den Poststempel untersuchte. Schließlich riß Bell den Umschlag auf und zog fünf engbeschriebene Blätter heraus – und drei Banknoten.

»Ein unbekannter Wohltäter?« erkundigte sich Helder verbindlich.

Bell warf einen schnellen Blick auf den Brief, runzelte die Stirn und legte das Geld wieder in den Umschlag zurück.

»Nein«, antwortete er kurz.

Nach dem Lunch ging Bell ins Schreibzimmer. Helder folgte ihm, scheinbar unabsichtlich, setzte sich an einen der Schreibtische und begann in seinem Notizbuch zu blättern. Niemand außer ihnen war im Raum.

Helder war von Natur aus neugierig, und außerdem lag es in seiner Absicht, so viel wie möglich über Comstock Bell in Erfahrung zu bringen. Als Bell das Zimmer verließ, stand auch Helder auf und schlenderte an dem Tisch vorbei, an dem Bell gesessen hatte. Man konnte nie wissen – vielleicht fand er etwas, das für ihn von Interesse war.

Seine Hoffnung hatte ihn nicht getäuscht – auf der Schreibunterlage lag der Brief, den Bell erhalten hatte.

Helder ging schnell zum Fenster, von dem aus man die Straße überblicken konnte. Wenn Bell den Brief tatsächlich vergessen hatte und weggegangen war, mußte er in einigen Sekunden vorübergehen. Er wartete ungeduldig, dann grinste er zufrieden – in diesem Moment überquerte Comstock Bell die Straße.

Jetzt zögerte Helder nicht länger – er eilte an den Tisch zurück, nahm den Umschlag und zog die engbeschriebenen Blätter heraus. Dann stellte er sich wieder ans Fenster, damit er sehen konnte, falls Bell zurückkehren sollte.

Immer wieder auf die Straße spähend, überflog er die Zeilen. Es war die gleiche unregelmäßige Handschrift wie auf dem Kuvert. Ein sonderbarer Brief – er drückte Reue und Bedauern aus; man konnte daraus entnehmen, daß der Schreiber Bell etwas schuldete und das Geld zurückgeben wollte. Helder suchte nach der Unterschrift – es verhielt sich so, wie er angenommen hatte, der Brief stammte von Willetts. Das ganze Schreiben machte einen zusammenhanglosen Eindruck. Immer wieder wurde Bell gebeten, Willetts nicht zu verraten. Einige nichtssagende Bemerkungen über das Schicksal und die Vorsehung veranlaßten Helder, verächtlich die Brauen hochzuziehen. Rasch faltete er den Brief wieder zusammen und schob ihn samt den Banknoten in den Umschlag zurück. Er legte ihn genau an die Stelle auf der Schreibunterlage, wo er ihn weggenommen hatte. Als er noch einmal einen Blick durchs Fenster warf, sah er, daß Bell soeben eilig zurückkam – offenbar hatte er den Brief jetzt doch vermißt.

Helder verließ schnell den Raum und erreichte rechtzeitig die Empfangshalle, um Bell an sich vorbeigehen zu sehen.

Er wartete.

Bell kam zurück, in der Hand hielt er den Brief. Er sah weder nach rechts noch nach links und war gleich darauf im Straßengewühl verschwunden.

Nachdenklich trat Helder den Heimweg an. Die Entdeckung, die er gemacht hatte, bestärkte ihn in seiner Annahme – Willetts, der Banknotenfälscher, war tatsächlich in London!

13

Zu Hause setzte sich Helder an den Schreibtisch, schloß eine Schublade auf und holte ein kleines Notizbuch heraus. Zwei Stunden lang war er eifrig damit beschäftigt, eine Nachricht in eine Geheimschrift zu verschlüsseln. Er ließ die Botschaft noch am gleichen Nachmittag an drei verschiedene Adressen abgehen.

Nachdem er dies erledigt hatte. setzte er sich in einen Sessel und döste vor sich hin, bis es fünf Uhr schlug. Er klingelte und bestellte Tee, denn jeden Augenblick erwartete er Besuch.

Der kräftige, etwas unbeholfene Mann, der gleich darauf hereingeführt wurde, fühlte sich in der vornehmen Umgebung sichtlich nicht sehr behaglich.

»Setzen Sie sich, Tiger!« forderte ihn Helder freundlich auf und zeigte auf einen Stuhl.

Der Besucher setzte sich vorsichtig auf die Stuhlkante und legte seinen Hut neben sich auf den Boden.

»Mr. Helder – wir müssen einen neuen Weg suchen ...«

Helder hob zustimmend die Hand.

»Ich weiß, ich weiß, unsere Leute beklagen sich, daß es schwierig wird, die amerikanischen Noten abzusetzen. Wir müssen etwas unternehmen.«

Tiger Brown nickte heftig.

»So ist es –«, bestätigte er mit einem Seufzer der Erleichterung. »Ich fürchtete schon, Sie wären anderer Meinung. In den Vereinigten Staaten war die Sache gerade richtig in Schwung gekommen – aber jetzt sind die Leute ängstlich geworden. Es geht das Gerücht, die Polizei habe eine neue Prüfungsmethode gefunden. Unser Agent in Philadelphia, der gewöhnlich fünfhundert Scheine im Monat übernahm, will nur noch hundert nehmen.«

Helder ging im Zimmer auf und ab. Die Tür hatte er verschlossen, nachdem Brown hereingekommen war. Jetzt vergewisserte er sich geistesabwesend, indem er noch einmal auf die Klinke drückte.

Tiger Brown beobachtete ihn mit zusammengekniffenen Augen.

»Sie sind wohl selbst schon ein wenig unruhig, nicht wahr?« fragte er lauernd.

»Nein, nein«, erwiderte Helder rasch. »Ich bin nicht nervös, nur vorsichtig – das ist alles. Wie funktioniert es eigentlich mit den französischen Noten, die wir wegschickten?«

»Ich weiß nicht, ich habe nicht viel Vertrauen dazu. Es fehlt ihnen einfach die Qualität der amerikanischen Scheine. – Wie steht es mit diesem Maple?«

Helder verzog ärgerlich den Mund.

»Ich glaube nicht, daß wir den kriegen. Er arbeitet – oder hat zumindest für Gold gearbeitet.«

»Hm, da haben Sie also kein Glück gehabt? Kann man da nicht ein wenig nachhelfen?«

Helder schüttelte den Kopf.

»In diesem Land ist das nicht so einfach. Immerhin sollte man sich überlegen . . .« Wieder ging er unruhig im Zimmer auf und ab. »Maple –«, murmelte er vor sich hin, »ich bin gespannt, ob . . .«

Unvermittelt brach er ab.

»Was wollten Sie sich überlegen?« drängte Brown. »Es muß doch ein Mittel geben, ihn unter Druck zu setzen. Hat er nicht eine Tochter?«

»Eine Nichte«, verbesserte Helder. »Aber die lassen wir lieber aus dem Spiel.«

»Ganz egal, ob Tochter oder Nichte –«, meinte Tiger ungeduldig, »jedenfalls müssen wir etwas unternehmen!«

Helder sagte nichts.

»Was ist mit Gold?« fragte Tiger.

»Er ist eine große Gefahr«, antwortete Helder besorgt. »Ich bin mir nicht im klaren, wie weit seine Macht reicht, und was er vorhat. Schließlich ist er der Mann, der Washington über die Vorgänge in London informiert – natürlich tut er das auf dem Umweg über das Konsulat. Ja . . . Wir müßten Maple auf unsere Seite bringen – er ist der beste Fachmann in ganz Europa! Man könnte es jedenfalls noch einmal versuchen. Als ich das letztemal mit ihm sprach, schien er sich allerdings nicht bluffen lassen zu wollen.«

»Na, vielleicht klappt's jetzt?« Brown lächelte hintergründig. »Ich erinnere mich an Leute – ich arbeitete damals noch für Harragon –, die sich weder beim ersten noch beim zweiten Versuch kaufen ließen. Aber wenn man sie dann richtig anfaßte, fraßen sie einem beim drittenmal aus der Hand.«

Sie vereinbarten einen Treffpunkt und verließen Curzon Street. Zuerst ging Brown, fünf Minuten später folgte ihm Helder.

Am Piccadilly Circus trafen sie sich wieder. Helder wollte zum Ostend, und Brown begleitete ihn. Sie lösten Fahrkarten und stiegen dann in den Lift, der sie zu den Bahnsteigen bringen sollte. Es befanden sich etwa ein Dutzend Menschen im Aufzug. Der Liftführer schloß die Tür, als plötzlich eine Dame aufschrie.

»Ich bin bestohlen worden!« rief sie hysterisch und zeigte auf ihre offene Handtasche.

Zwei kräftige, gutgekleidete Männer standen neben der Lifttüre. Einer von ihnen trat zu der Dame und sprach mit ihr, dann wandte er sich an die anderen Fahrgäste.

»Diese Dame ist bestohlen worden«, sagte er im Amtston. »Ich bin Sergeant Halstead von Scotland Yard. Der Dame fehlen ein Geldbeutel und ein Scheckbuch – ich muß die Anwesenden bitten, sich entweder gleich hier durchsuchen zu lassen, oder aber mich zur nächsten Polizeiwache zu begleiten.«

Helder war zuerst nur ärgerlich, aber bald mischte sich in seinen Ärger Bestürzung. Die anderen unterzogen sich willig einer raschen Durchsuchung, bis nur noch Helder und Brown übrigblieben.

»Ich weigere mich ganz entschieden, Sie in meinen Taschen herumkramen zu lassen!« erklärte Helder energisch.

Der Beamte wandte sich achselzuckend an Brown.

»Rühren Sie mich nicht an!« rief Tiger.

»Schön, dann bleibt mir nichts anderes, als Sie festzunehmen.«

Fünf Minuten später befanden sich die beiden in Begleitung der Kriminalbeamten in einem Taxi, das sie zur nächsten Polizeiwache brachte. Unterwegs fluchte und schimpfte Helder fürchterlich.

Die Durchsuchung der Leute im Aufzug war nur ganz oberflächlich gewesen – diese beiden Männer aber wurden jetzt gründlich vorgenommen. Man prüfte ihre Brieftaschen, und Helder stellte mit Schrecken fest, daß die Fünfzigdollarnoten eingehend betrachtet wurden.

»Es tut mir leid, meine Herren . . .« sagte der Beamte, als er seine Arbeit beendet hatte und die Sachen zurückgab.

Helder äußerte sich sehr unfreundlich über die Fähigkeiten der Londoner Polizei.

»Sie werden noch von mir hören!« zischte er.

»Es ist Ihre eigene Schuld«, antwortete der Beamte unbeirrt.

»Jemand wurde bestohlen, und Sie weigerten sich, eine Durchsuchung vornehmen zu lassen. Was hätten wir sonst tun sollen?«

Helder gab keine Antwort. Er verließ rasch mit Brown das Büro und eilte die Treppen hinunter. Plötzlich hielt er inne. Unten promenierte, eine Zigarre im Mund, Wentworth Gold auf und ab.

»Hallo, Helder!« begrüßte er seinen düster dreinschauenden Landsmann mit einem unschuldigen Lächeln. »Ich bin anscheinend zu spät gekommen – man telefonierte mir, daß Sie verhaftet worden seien, und ich kam hierher, um die Sache richtigzustellen.«

»So!« fauchte Helder. »Ich habe die Angelegenheit ohne Ihre Hilfe selbst schon richtiggestellt. Es wird Sie vielleicht interessieren, daß man nichts bei mir fand.«

Gold zog die Augenbrauen hoch.

»Was sollte man denn finden?« fragte er.

Helder erwiderte nichts. Er drehte sich um und ging eilig mit seinem Begleiter weg. Jetzt erst durchschaute er das ganze Manöver – ein vorgetäuschter Diebstahl und ein Kriminalbeamter, der wie zufällig anwesend war, um ihn zu durchsuchen.

Es wurde ihm ein wenig ungemütlich bei dem Gedanken, daß noch gestern einige Banknoten bei ihm gefunden worden wären ...

Er hatte einen Bekannten auf der Redaktion des ›Post Journal‹, den er bitten wollte, die Geschichte von der Verhaftung und der ungerechtfertigten Durchsuchung zu veröffentlichen.

Golds Laune am nächsten Morgen war ausgesprochen schlecht, als er den Artikel über ›Belästigung von Amerikanern‹ und über ›ungewöhnliche polizeiliche Maßnahmen‹ las.

Scotland Yard würde das nicht angenehm sein. Die Leute dort waren überempfindlich gegen alles, was ein schlechtes Licht auf ihre Diskretion und Unparteilichkeit warf. Sie hatten erst nach einigem Widerstand eingewilligt, ihm bei seiner Aktion zu helfen, und würden gewiß Schwierigkeiten machen, wenn er das nächstemal ihre Hilfe brauchte.

Aber dann zuckte er die Schultern. Er hatte das Spiel gewagt und verloren – doch sicherlich nicht endgültig.

14

Comstock Bell legte die Zeitung, in der er gelesen hatte, hin und nahm den Brief vom Tisch, der von Mrs. Granger Collak aus Neapel gekommen war. Beim Gedanken an sie mußte er lächeln.

Es klopfte. Parker kam herein.

»Miss Maple möchte Sie sprechen«, meldete er.

Comstock erhob sich und ging ihr entgegen. Sie sah leidend aus und hatte verweinte Augen.

»Ich bin froh, daß Sie gekommen sind«, sagte er. »Darf ich fragen, was für Pläne Sie haben?«

»Ich weiß nicht, was ich machen soll«, erwiderte sie. »Mr. Gold war so liebenswürdig, mir etwas Geld zu leihen – er glaubt, daß sich seine Regierung für meinen Onkel einsetzen wird.«

Bell lächelte.

»Nun, ja – doch seine Regierung ist auch die meine!«

Sie sah ihn überrascht an.

»Sie sind auch Amerikaner?«

»Natürlich. Dachten Sie, jeder Amerikaner trage einen Cowboyhut?«

Er lachte, brach aber ab, als er ihr trauriges Gesicht sah.

»Wenn ich nur wüßte, ob mein Onkel noch am Leben ist –«, flüsterte sie.

»Ich kann mir denken, wie sehr Sie das bedrücken muß«, meinte er. »Ich habe eben den Bericht in der Zeitung gelesen. Es besteht immerhin die Hoffnung, daß die Leute, die ihn entführt haben, wenigstens sein Leben schonen wollen.«

Sie schaute zu ihm auf. Er hatte so freundlich, mitfühlend gesprochen. Was für ein Mensch war er? Er besaß viel Geld und machte dennoch stets einen melancholischen Eindruck.

Bell ging ein paarmal durchs Zimmer und blieb dann vor ihr stehen.

»Miss Maple, haben Sie noch irgendwelche andere Verwandte?«

»Nein.«

»Oder gute Bekannte?«

Sie schüttelte den Kopf.

»Nur ganz flüchtig Bekannte. Früher war ich in einem Pensionat in Belgien, und meinen Onkel lernte ich ja erst nach dem Tod meines Vaters kennen.«

Er nickte, sah zu Boden und gab sich dann einen Ruck.

»Ich möchte Ihnen etwas sagen, Miss Maple, das Sie wahrscheinlich sehr verwirren wird. Vorausschicken muß ich, daß ich mir meiner Verantwortung durchaus bewußt bin und für Sie die größte Hochachtung und Bewunderung empfinde. Bitte glauben Sie mir also ...«

»Ich weiß nicht, was Sie mir sagen wollen – aber ich weiß, daß ich Vertrauen zu Ihnen habe«, antwortete sie zuversichtlich.

»Vielen Dank, Miss Maple. Es handelt sich um folgendes – ich möchte Sie heiraten.«

Sie sah ihn fassungslos an und wich unwillkürlich einige Schritte zurück.

»Bitte, regen Sie sich nicht auf!« beschwichtigte er sie lächelnd. »Und vor allem – vermuten Sie nichts Schlimmes. Hier ist die Klingel – mein Diener ist in Rufweite.«

»Aber – Mr. Bell ...« rief sie bestürzt.

Er hob beschwörend die Hand.

»Verstehen Sie mich richtig, Miss Maple! Es geht darum, daß Sie mir einen großen Gefallen tun, gewissermaßen ein Opfer bringen. Sie würden Ihre volle Freiheit behalten, wenn Sie eine Ehe mit mir eingehen, ganz abgesehen von den materiellen Vorteilen, die dieser Schritt zur Folge hätte.«

»Aber wir kennen uns doch erst seit kurzem und bei weitem nicht gut genug, um einen so schwerwiegenden Entschluß zu fassen«, erwiderte sie leise und schaute ihn ein wenig vorwurfsvoll an. »Eine solche Ehe wäre gegen alle meine Anschauungen – ich kann nur einen Mann heiraten, den ich liebe.«

Sie stand auf.

»Bitte bleiben Sie noch und hören Sie mir zu ...«

Sie setzte sich wieder.

Seine Stimme klang eindringlich und fast verzweifelt. Unbeweglich saß sie da, während er sprach. Nur einmal sprang sie auf und ging erregt hin und her. Er sprach voll Hoffnung, aber auch voll Bitterkeit. Es wurde dunkel, und sie konnte nur noch undeutlich seine Umrisse sehen. Schließlich brach er ab – und sie hatte endlich begriffen . . .

Als er später mit ihr auf die Straße trat, war es bereits Nacht. Er begleitete sie zu einem Taxi und half ihr beim Einsteigen.

»Bis morgen also?«

»Bis morgen«, wiederholte sie und reichte ihm die Hand.

Comstock Bell ging zurück ins Haus, setzte sich vor seine Schreibmaschine und tippte einen Brief, den er an Wentworth Gold, Terriers-Klub, adressierte.

15

Ein Mann, der durch seine krumme Haltung und den unbeholfenen Gang auffiel, überquerte spät abends langsam den Finsbury Square.

Es befanden sich nur noch wenige Passanten auf der Straße. Ein Polizist an der Ecke folgte dem Mann mit den Blicken, allerdings weniger aus Pflichtgefühl als aus Langeweile.

Der Mann sah recht auffallend aus. Er trug einen langen schwarzen Mantel und einen breiten Filzhut. Seine dunklen Haare, die sich hinten zu Locken rollten, hingen ihm bis auf den Mantelkragen. Allem Anschein nach war er Musiker oder irgendein verkommenes Genie.

Langsam ging er die Broad Street entlang und bog dann in eine dunkle Seitenstraße ein, die zum Themseufer führte. Er überquerte gerade den großen freien Platz hinter der Börse, als eine Kirchenuhr in der City elf schlug. Ein Mann schlenderte langsam aus der Threadneedle Street und kam ihm halbwegs entgegen.

»Nun, Clark –«, redete ihn der Mann im schwarzen Mantel an, »haben Sie einen Brief?«

Er sprach französisch.

»Nein, Mr. Willetts«, antwortete der andere. »Irgendwelche Aufträge für mich?«

Auch er sprach französisch, doch mit einem deutlichen englischen Akzent.

Der Mann, der Willetts genannt worden war, schüttelte den Kopf.

»Nein, heute abend nicht.«

»Es sind Leute gekommen, die nach Ihnen gefragt haben«, sagte Clark. »Man wollte von mir wissen, wo Sie wohnen.«

»Ach, es wird schon nicht so wichtig gewesen sein – sagen Sie in solchen Fällen einfach, daß ich im Ausland bin. Noch etwas?«

»Nein, Sir.«

Mit einem kurzen Kopfnicken verabschiedete sich der Mann im schwarzen Mantel und entfernte sich in Richtung Cheapside.

Zwei Männer folgten ihm vorsichtig. Es war nicht schwierig, ihn im Auge zu behalten, die Straßen waren fast menschenleer, und er ging sehr langsam. Aber dann hielt er ein vorbeifahrendes Taxi an.

Einer der beiden Verfolger, die schon dicht bei dem wartenden Taxi angelangt waren, machte ein paar schnelle Schritte und hörte gerade noch, wie der Mann im schwarzen Mantel, bevor er in den Wagen stieg, das Fahrtziel angab.

Das Taxi fuhr los, und die beiden blieben aufgeregt zurück.

»Er will zum amerikanischen Konsulat –«, rief der erste, »schnell, wir müssen ein Taxi finden und ihm folgen!«

Sie hatten Glück – als sie die Straße entlang liefen, kam ihnen ein Taxi entgegen, noch bevor die Schlußlichter des andern Wagens verschwunden waren. Sie stiegen ein, drückten dem Chauffeur einen Geldschein in die Hand und konnten nach fünf Minuten mit Befriedigung feststellen, daß es ihnen gelungen war, das erste Taxi, das an einer Kreuzung hatte warten müssen, einzuholen. Beim

Piccadilly Circus klopfte einer der Verfolger dem Chauffeur auf die Schulter.

»Halten Sie etwa fünfzig Meter vor dem amerikanischen Konsulat, sofern der Wagen da vorn nicht weiterfährt.«

Tatsächlich verringerte das erste Taxi kurz vor dem Konsulat sein Tempo, fuhr an den Straßenrand und stoppte ganz ab.

Der Chauffeur des zweiten Autos hielt, wie ihm aufgetragen worden war, in einiger Entfernung ebenfalls an. Die beiden Männer sprangen heraus. doch als sie auf dem Trottoir standen, sahen sie, daß der vordere Wagen plötzlich wieder anfuhr und mit quietschenden Reifen um die nächste Ecke verschwand.

Fluchend stiegen sie wieder ein und nahmen die Verfolgung von neuem auf. Aber sie hatten kein Glück mehr – soviel sie auch kreuz und quer herumfuhren, der Wagen war und blieb verschwunden.

Sie bezahlten den Chauffeur und schlenderten durch die nächtlichen Straßen. Gegen helle, erleuchtete Plätze schienen sie eine Abneigung zu haben. Sie hielten sich, so gut es ging, im Dunkeln.

»Er hat uns tatsächlich an der Nase herumgeführt!« knurrte der eine.

Der andere murmelte nur etwas Unverständliches vor sich hin. Er war viel schweigsamer als der Untersetzte, der gesprochen hatte. Auch äußerlich unterschied er sich vom ersten durch seine große, kräftige Figur und die Narbe quer über dem Kinn.

»Es ist besser, wenn wir uns jetzt wieder trennen«, sagte der Kleinere schließlich und gab seinem Begleiter nachlässig einige Geldscheine. »Ich werde versuchen, den Chef zu erreichen.«

Eine halbe Stunde später schlenderte Cornelius Helder durch die Upper Street, als plötzlich der untersetzte Mann neben ihm auftauchte und mit ihm weiterging.

»Wir haben leider seine Spur verloren«, entschuldigte er sich.

»Sie sind ein Idiot!« zischte Helder wütend. »Sagen Sie bloß noch, daß Sie sich so auffällig betragen haben, daß alle Polizisten Londons auf Sie aufmerksam geworden sind!«

»Ich möchte Ihnen raten, ein wenig freundlicher mit mir zu

reden. Schließlich habe ich in der letzten Zeit sehr viel für Sie getan – viel zuviel! Glauben Sie vielleicht, es hätte mir Spaß gemacht, in allen Zeitungen meinen Steckbrief zu lesen?«

»Deswegen brauchen Sie sich keine grauen Haare wachsen zu lassen«, erwiderte Helder. »Kein Mensch würde Sie nach jener Beschreibung erkennen.«

»Na, das ist auch das einzig Tröstliche an der Sache . . .«

»Auf jeden Fall hätten Sie es sich selbst zuzuschreiben, wenn Sie geschnappt würden. Vergessen Sie nicht, daß Sie lediglich den Auftrag hatten, mit Maple zu verhandeln. Sie sollten ihn nur dazu bringen, daß er uns seine Entdeckung gegen ein entsprechendes Honorar zur Verfügung stellt.«

»Na ja, ich bin nervös geworden –«, gab der andere zu. Dann packte er Helder am Arm. »Sagen Sie mal – Sie lassen uns doch nicht im Stich? Nehmen wir an, man würde uns verhaften – dann könnten Sie die Sache drehen, daß wir freikommen?«

»Ich glaube nicht«, sagte Helder kühl.

»Dann kann ich Ihnen versichern, daß wir Sie mit in die Sache hineinziehen werden!«

»Das wird Ihnen kaum gelingen, mein Lieber! In einem solchen Fall weiß ich von gar nichts, verstehen Sie? Sie sind verrückt, wenn Sie versuchen wollen, mir zu drohen. Glauben Sie bloß nicht, daß mich das im geringsten berührt. Es gibt keinerlei Beweise dafür, daß ich auf irgendeine Weise mit der Entführung Maples in Verbindung stehe. Wenn Sie mich hereinlegen wollen, geraten Sie nur selbst in die Patsche!«

»Ich habe mit der Sache nichts zu tun«, sagte der Untersetzte hartnäckig. »Carl hat das Ding gedreht, weil Sie ihm den Auftrag dazu gegeben hatten – genauso, wie ich Gold umlegen sollte . . . Aber damit wollen Sie natürlich auch nichts zu tun haben, wie?« Seine Stimme wurde immer lauter; es war ein Glück für die beiden, daß weit und breit kein Mensch zu sehen war. »Ich habe es jetzt satt – am besten, ich werfe den ganzen Krempel hin und fahre mit dem nächsten Schiff zurück.«

»Das werden Sie nicht tun«, erklärte Helder bestimmt.

»Aber ich sage Ihnen, daß ich es tun werde! Mir hängt die Geschichte zum Hals heraus.«

Helder lachte laut und klopfte dem andern auf den Rücken.

»Das paßt ja gar nicht zu Ihnen, Billy! Was sollen denn Ihre Freunde in Chicago von Ihnen denken? Also – seien Sie vernünftig! Denken Sie daran, daß wir bald ganz groß verdienen werden. Zwei Jahre vielleicht noch – und Sie können sich das schöne Lokal in New York kaufen und jeden Sonntag nach Coney Island fahren.«

Aber der Mann ließ sich nicht so leicht beruhigen. Zu Hause in Chicago hätte er sich sicher gefühlt – aber hier, in einem fremden Land, mit einer unangenehm rührigen Polizei . . .

Erst als Helder ihn in einer stillen, verschwiegenen Bar in Soho zu einigen Gläschen Whisky eingeladen hatte, fand er seine Ruhe und Selbstbeherrschung wieder.

16

Der 15. Mai war ein herrlicher Frühlingstag mit wolkenlosem, zartblauem Himmel. Als die Uhren in der Stadt acht Uhr schlugen, machte Wentworth Gold, wie jeden Morgen, seinen kleinen Spaziergang zu einem Teich im Green Park. In Gedanken beschäftigte er sich noch immer mit dem Brief, den er vergangenen Abend von Comstock Bell erhalten hatte.

Von der andern Seite des Teiches her kam ihm – sicherlich mit Absicht – Cornelius Helder entgegen, der über Golds Gewohnheiten ziemlich genau Bescheid wußte.

»Gut, daß ich Sie treffe, Mr. Gold – ich möchte Sie dringend sprechen.«

Gold seufzte. Er hatte nicht die geringste Lust, sich mit Helder zu unterhalten.

»Was wollen Sie denn von mir?«

»Ich glaube, ich kann Ihnen etwas Wichtiges mitteilen – Willetts wird heute verhaftet!«

»Wer hat Ihnen das gesagt – und was wissen Sie überhaupt von Willetts?« fragte Gold scharf.

»Es tut nichts zur Sache, von wem ich es erfahren habe. Von Willetts aber weiß ich, daß er der Anführer der Bande ist, die Falschgeld in Umlauf bringt. Es sind die gleichen Leute, die Ihren Freund Maple entführt haben.«

»Was Sie nicht sagen!«

Gold schaute Helder mit einem merkwürdigen Blick an.

»Die Sache ist doch klar – Willetts wird schon seit längerer Zeit von der Polizei gesucht. Er hat ein Büro in der Stadt, das aber nur dazu dient, seine wirkliche Beschäftigung zu vertuschen.«

»Sie scheinen ja genau Bescheid zu wissen! Kennen Sie ihn denn?«

»Ich kann mich noch recht gut an ihn erinnern. Ich war damals auch in Paris . . .«

»Haben Sie dort auch Comstock Bell kennengelernt?«

»Ja. Bell und Willetts – beide gingen auf die Kunstakademie und arbeiteten im gleichen Atelier. Willetts war auf den ersten Blick ein ruhiger, unscheinbarer junger Mann. In Wirklichkeit aber führte er ein ziemlich unsolides Leben. Als es nach jener Geschichte, die Sie ja kennen, brenzlig wurde, verschwand er aus Paris.«

»Und Sie behaupten, daß er Chef einer Fälscherbande ist?«

»Ich bin völlig sicher, daß er mit einer solchen Bande mindestens zusammenarbeitet. Und ebenso gewiß ist es für mich, daß Bell hinter ihm steht . . . Apropos Bell – vermutlich spielen Sie heute den Brautführer?«

»Ja, so etwas Ähnliches«, antwortete Gold.

»Was hat eigentlich diese ganze Sache zu bedeuten?«

»Was für eine Sache? Etwa die Trauung?«

»Natürlich, das kam doch schließlich recht unerwartet.«

»Oh, eine Hochzeit kommt oft für irgendwen unerwartet.«

Helder hatte ohne große Schwierigkeiten herausgebracht, daß der Millionär, den er schon lange beobachten ließ, zu heiraten beabsichtigte. Er wußte, daß gleich im Anschluß an die standesamtliche Trauung die kirchliche Zeremonie – um neun Uhr vormittags in der Marylebone Parish Church – stattfinden sollte. Comstock Bell und Verity wollten dann mit Gold im ›Great Central Hotel‹ frühstücken und um elf Uhr London in Richtung Frankreich verlassen. Doch – was für ein Geheimnis steckte hinter dieser plötzlichen Heirat? Bell hatte das Mädchen doch erst neulich, bei der peinlichen Szene im Büro, kennengelernt. Diese Heirat mußte irgendeinen verborgenen Grund haben – aber welchen?

»Glauben Sie, daß sie glücklich miteinander werden?« fragte Helder harmlos.

»Um Himmels willen, wie soll ich das wissen?« fuhr Gold auf. »Das zum ehelichen Glück erforderliche Anpassungsvermögen entwickelt sich sowieso erst nach längerem Zusammenleben.«

Helder amüsierte sich.

»So kann nur ein hartgesottener Junggeselle sprechen! Um aber auf Willetts zurückzukommen – habe ich etwa nicht recht? Stimmt es vielleicht nicht, daß er heute ...«

»Ja, ja, fassen Sie sich – heute abend wird er verhaftet.«

»Aha, also erst, wenn Bell England verlassen und sich in Sicherheit gebracht hat!« bemerkte Helder ironisch. »Ich bin nicht gerade stolz darauf, daß er mein Landsmann ist.«

»Ach, wissen Sie, ich kann mich auch nicht erinnern, daß er je besondere Freude gezeigt hätte, daß Sie sein Landsmann sind!« Gold schaute auf seine Uhr, dann auf Helder. »Ich muß jetzt gehen. Übrigens, Sie sehen gar nicht gut aus.«

»Keine Sorge, ich fühle mich wohl ...«

17

Die kleine Gesellschaft hatte beschlossen, die kurze Entfernung vom Standesamt zur Kirche zu Fuß zurückzulegen. Außer dem Küster war noch niemand dort. Hohl hallten die Schritte wider, als das Brautpaar und Gold den breiten Mittelgang entlangschritten, um vor dem Altar auf den Geistlichen zu warten. Der Straßenlärm war nur als dumpfes Summen zu hören. So hatte sich Comstock Bell eine Trauung jedenfalls nicht vorgestellt – und auch Verity war wie betäubt von der Unwahrscheinlichkeit der Situation.

Der Geistliche trat aus der Sakristei und näherte sich ihnen langsam. Feierlich sprach er die vorgeschriebenen Worte. Die Fragen und Antworten hallten seltsam durch den hohen, leeren Raum. Ein schmaler Goldreif wurde Verity über den Finger gestreift.

Dann gingen alle zusammen in die Sakristei, um ihre Unterschriften unter das Heiratsprotokoll zu setzen. Der Geistliche lobte das schöne Wetter und äußerte die Hoffnung, dieses Jahr endlich wieder einmal einen richtigen englischen Sommer zu erleben. Comstock antwortete mit einigen konventionellen Bemerkungen. Gold zahlte die Kirchengebühren und vergaß auch nicht, dem Küster, der als zweiter Trauzeuge fungiert hatte, ein respektables Trinkgeld zu geben. Und dann trat das junge Paar in das grelle Sonnenlicht des Frühlingstages hinaus.

Lächelnd sah Bell Verity an. Er war bestürzt über ihre Schönheit und das ernste, hübsche Gesicht, das sie ihm zuwandte. Er wunderte sich selbst darüber, daß ihm ihre Schönheit in diesem Augenblick zum erstenmal auffiel. Comstock hatte Verity geheiratet, ohne verliebt zu sein. Jetzt mußte er sich jedoch eingestehen, daß es ihm äußerst angenehm war, eine so hübsche Frau zu haben. Bewundernd sah er sie an. Das einfache weiße Kleid und der breitrandige weiße Hut mit dem schwarzen Band standen ihr ausgezeichnet.

In der Empfangshalle des ›Great Central Hotel‹ führte Bell Verity zu einem Sessel. Gold hatte sich einen Moment entschuldigt.

»Werden Sie diesen Schritt auch nicht bereuen?« fragte Comstock.

»Nein, ich bereue nichts«, antwortete sie mit fester Stimme.

»Ich . . . « begann er zögernd.

»Bitte, lassen Sie das! Ich weiß, daß Sie mir jetzt irgend etwas sagen wollen, das mich trösten soll – und das doch nicht der Wahrheit entsprechen würde. Ich heiratete Sie, weil ich Ihnen helfen wollte. Es ist mir auch völlig klar, daß Sie mich nicht lieben – auch ich liebe Sie nicht. Wir haben uns dazu entschlossen, weil die Gründe, die Sie haben, sehr schwerwiegend sind. Gebe Gott, daß alles gut ausgeht!«

»Ja, wir wollen es hoffen – dort kommt er . . .«

Gold trat zu ihnen, noch immer im Zylinder und feierlichem schwarzem Mantel. Er legte ab und ging mit dem Brautpaar in den Speisesaal, wo an einem Ecktisch bereits ein Imbiß für sie bereitstand.

Verity rührte kaum etwas an, und auch Comstock Bell aß nicht viel. Aber Gold, der keine ernstlichen Sorgen hatte – schließlich hatte ja nicht er geheiratet –, griff unbeschwert zu.

»Was haben Sie alles vor auf Ihrer Hochzeitsreise?« erkundigte er sich.

»Wir bleiben zuerst ein wenig in Paris«, sagte Bell. »Von dort aus fahren wir nach München, später nach Wien, vielleicht auch noch nach Rom. Das ist vorerst alles.«

»Es muß lästig für Sie sein, daß Ihre Hand noch verbunden ist.« Gold deutete auf den Verband.

Bell lachte.

»Wahrhaftig, daran habe ich noch gar nicht gedacht! Ich habe mich schon völlig daran gewöhnt, mit der linken Hand auf der Maschine zu schreiben.«

»Nehmen Sie Ihre Schreibmaschine mit?« fragte Gold.

»Selbstverständlich.«

Die Unterhaltung stockte, und Bell winkte dem Kellner.

»Bringen Sie mir bitte ein Telegrammformular!«

Eine Weile später lagen eine Schreibunterlage und ein Formular vor ihm.

»Soll ich es für Sie schreiben?« fragte Gold.

»Sehr freundlich, aber ich komme schon zurecht –«, erwiderte Bell ein wenig verlegen.

Umständlich malte er mit der linken Hand die Buchstaben. Das Telegramm war an Captain Lauder, Landview Cottage, Gravesend, gerichtet und bestand nur aus dem einzigen Wort: ›Vorwärts!‹

Gold hätte zu gern den Inhalt des Telegramms erfahren, das Bell ausgerechnet an seinem Hochzeitsmorgen abschickte. Doch so sehr er sich auch den Hals verrenkte, der andere hielt das Formular so, daß er nichts lesen konnte. Als Bell fertig war, faltete er das Blatt und gab es zusammen mit einem Fünfshillingstück dem Kellner.

»Bitte, lassen Sie das Telegramm sofort aufgeben.« Er schaute auf die Uhr und lächelte seine Frau freundlich an. »Wir haben noch eine Stunde Zeit. Dein Gepäck hast du doch schon auf den Bahnhof bringen lassen?«

Sie nickte.

»Ich werde dich von jetzt an Verity nennen, ja?«

»Das ist lieb von dir«, antwortete sie leise.

Wentworth Gold, der zugehört hatte, schüttelte insgeheim den Kopf. Auch ihm kam die merkwürdige Stimmung des Unwirklichen, die über der ganzen Zeremonie gelegen hatte, immer mehr zum Bewußtsein. Was sollte das Ganze nur bedeuten? fragte er sich schon zum hundertstenmal. Die beiden sprachen miteinander, als ob sie sich eben erst vorgestellt worden wären. Wie lange kannte Bell seine Frau eigentlich schon?

»Du kannst alles, was du brauchst, in Paris kaufen«, sagte Bell.

»Das wird nicht viel sein«, erwiderte sie schüchtern.

Comstock schaute wieder auf die Uhr.

»Wir haben für die nächste Stunde nichts mehr vor und sind frei. Ich schlage vor, daß wir einen Spaziergang durch den Park machen. Begleiten Sie uns doch bitte, Mr. Gold!«

Wentworth Gold hatte zwar wenig Erfahrung mit Hochzeiten und Jungvermählten, aber so viel war ihm immerhin klar, daß er sich jetzt verabschieden und das Paar sich selbst überlassen mußte. Er hatte sich auch schon eine plausible Begründung für seinen Rückzug zurechtgelegt, als ihm Bell zuvorkam.

»Falls Sie noch ein wenig Zeit für uns haben, würde es uns sehr freuen, wenn Sie uns zum Zug bringen könnten – nicht wahr, Verity?«

Mit einem Taxi fuhren sie zum Regents Park. Sie spazierten die wunderschönen Wege entlang und sprachen über alle möglichen unwichtigen Dinge. Als die Zeit immer weiter vorrückte, wurde Bell unruhig und zerstreut. Unvermittelt wandte er sich an Gold.

»Vermutlich hat Ihnen Helder gesagt, daß ich Willetts angezeigt habe, wie?«

Gold war verblüfft. Er konnte sich nicht erklären, woher Bell dies wußte.

»Ja, er hat mir so etwas Ähnliches zugetragen – aber ich habe nie viel von dem gehalten, was Helder mir erzählte.«

»In diesem Falle hatte er aber recht«, sagte Bell. »Ich habe Willetts angezeigt, und ich hatte allen Grund dazu.«

»Ist er schon verhaftet worden?«

»Noch nicht. Ich konnte es so einrichten, daß er erst festgenommen wird, wenn ich England verlassen habe.«

Gold war mehr als erstaunt. Wie sollte er diese Handlungsweise mit dem sonst so vornehmen Charakter und Benehmen Bells in Einklang bringen? Er hatte ihn seiner Anständigkeit wegen geschätzt und fühlte sich jetzt fast ein wenig abgestoßen. Jemanden verhaften zu lassen und sich selbst allen möglichen Unannehmlichkeiten, die diese Verhaftung mit sich bringen konnte, durch die Abreise zu entziehen, war wenig schön.

»Gut, daß Sie mir das gesagt haben«, antwortete er kühl.

Comstock Bell machte ein ernstes Gesicht. Es war ihm klar, daß Gold sein Verhalten durchaus nicht billigte.

»Denken Sie nicht voreilig schlecht über mich!«

Wortlos machten sie sich auf den Weg zur Victoria Station. Für das junge Paar war ein Abteil erster Klasse reserviert. Oberflächliches Geplauder füllte die letzten Minuten bis zur Abfahrt aus.

Der Zug setzte sich in Bewegung.

»Auf Wiedersehen!« Gold streckte Bell zum Abschied die Hand hinauf. »Wir werden uns doch wiedersehen?«

»Ich hoffe es –«, rief Bell.

Gold entging es nicht, daß Bell immer noch zerstreut war und offensichtlich an etwas ganz anderes dachte. Er warf einen schnellen Blick auf die junge Frau, die neben ihrem Mann am geöffneten Fenster stand. Sie sah ein wenig angegriffen aus. Die Schatten unter ihren Augen ließen vermuten, daß sie in der letzten Nacht wenig geschlafen hatte.

Gold lief neben dem Zug her und schüttelte auch Verity noch einmal die Hand. Dann blieb er stehen und schaute dem Zug nach.

»Wirklich eine merkwürdige Hochzeit!« murmelte er vor sich hin.

Er drehte sich um und wäre beinah mit Helder zusammengestoßen, der sich auch eingefunden hatte.

Gold sah ihn ärgerlich an.

»Sieht ganz so aus, als ob Sie uns nachspioniert hätten«, knurrte er unwillig.

Helder lachte.

»Damit haben Sie vollkommen recht«, gab er offen zu. »Die Heirat Comstock Bells interessiert mich mindestens sosehr wie Sie selbst. Komisch daran ist nur, daß mir nicht klar ist, warum ich mich eigentlich dafür interessiere!«

»Das überrascht mich aber wirklich«, erwiderte Gold trocken. »Leute wie Sie tun doch nichts ohne triftigen Grund.«

»Ich komme mir selbst ja schon ziemlich merkwürdig vor!« sagte Helder grinsend.

Zu gern hätte er Gold begleitet, aber er kam gar nicht mehr dazu, noch etwas zu sagen, denn Gold verabschiedete sich brüsk und ließ ihn stehen.

18

Wentworth Gold verbrachte den Nachmittag in seinem Büro, sah Akten durch und schrieb einen Brief für das Schatzamt in Washington.

Später suchte er den Klub auf, um dort zu Abend zu essen. Der Portier übergab ihm zwei Telegramme. Beide stammten von Comstock Bell – das eine kam aus Dover und drückte nochmals Bells herzlichen Dank für die freundschaftliche Hilfe aus, das zweite war in Calais um drei Uhr nachmittags aufgegeben worden.

Gold schüttelte verwundert den Kopf, als er las: ›Bitte besuchen sie morgen meinen Diener Parker – ich hatte ihn für heute beurlaubt – und sagen sie ihm, er soll mir meine Post nachsenden.‹

Warum hatte Bell nicht direkt an Parker telegrafiert? Wie kam es überhaupt, daß er seinen Diener nicht vor der Abreise entsprechend instruiert hatte?

Wahrscheinlich steckte auch dahinter irgend etwas. Aber Gold war es schon müde, sich nutzlos den Kopf zu zerbrechen. In aller Ruhe beendete er seine Mahlzeit.

An einem Tischchen in der Nähe saß Helder und las ostentativ in einer Abendzeitung. Gold wußte ganz genau, daß dies nur ein Vorwand war, um ihn unauffällig beobachten zu können. Was wollte Helder eigentlich? Er war doch sonst kein Mann, der kostbare Zeit vergeudete, nur um seine Neugier zu befriedigen. Gold erhob sich und schlenderte zu Helder hinüber.

»Ich möchte einen kleinen Spaziergang machen – hätten Sie nicht Lust, mich zu begleiten?«

»Mit Vergnügen«, sagte Helder bereitwillig und stand auf.

Es war Gold eingefallen, daß er am folgenden Tag verschiedene Verabredungen hatte, es ihm also kaum möglich sein würde, mit Parker persönlich zu sprechen. Er entschuldigte sich für einen Augenblick bei Helder, holte sich im Schreibzimmer einen Briefumschlag, steckte das Telegramm hinein und adressierte das Kuvert an Bells Diener. Bei dem Spaziergang konnte er am Haus vorbeigehen und den Brief gleich einwerfen.

Die beiden Herren verließen den Klub und gingen gemächlich in Richtung Cadogan Square.

»Darf ich Sie einmal ganz offen etwas fragen«, begann Gold die Unterhaltung, »und eine ebenso offene Antwort erwarten?«

»Hm – ich werde mich bemühen. Was wollen Sie von mir wissen?«

»Warum interessieren Sie sich so sehr für Comstock Bell?«

»Oh, ich interessiere mich für alle Leute.«

»Aber doch nicht so, daß Sie ihnen den größten Teil Ihrer Zeit widmen! Hinter Ihrem Interesse für Comstock Bell steckt doch irgend etwas . . .«

Eine Zeitlang schritten sie schweigend nebeneinander her.

»Sie sind mit Bell befreundet, und ich möchte Ihnen nichts Unangenehmes über ihn sagen«, antwortete Helder.

»Viel unangenehmer ist es für mich, wenn Sie immer nur dunkle Andeutungen machen, statt mir einfach einmal reinen Wein einzuschenken.«

»Gut, ich werde Ihnen meine Meinung sagen – ich bin der Überzeugung, daß Comstock Bell ein betrügerischer, gemeiner Schuft ist.«

»Das ist alles?« erkundigte sich Gold, ohne besondere Erregung zu zeigen.

»Ist das nicht genug?«

»Die bloße Tatsache, daß Sie sagen, er sei ein Schuft, genügt noch lange nicht, um auch mich davon zu überzeugen. Manchmal kann ich mich des Eindrucks nicht erwehren, daß der wahre Grund Ihrer Anschwärzereien der ist, daß Bell etwas von Ihnen weiß, das Ihnen furchtbar unangenehm ist – und daß Sie nicht lockerlassen, bis Sie die Gewißheit haben, daß er für immer im Ausland bleibt.«

Es war schon ziemlich dunkel, Gold konnte nicht sehen, daß Helder rot wurde.

»Eine sehr sonderbare Vermutung!«

Die beiden waren inzwischen am Cadogan Square angekommen, und als sie sich Bells Haus näherten, holte Gold das Kuvert für Parker aus der Tasche.

»Einen Augenblick, ich möchte nur schnell das hier in Bells Briefkasten werfen – eine Instruktion für sein Personal ...«

Es war ein altes Gebäude, und die Wohnzimmerfenster waren so angelegt, daß man von ihnen aus die ganze Treppe beobachten konnte, die zum Eingang führte.

»Vor der Haustür wartet jemand«, sagte Helder plötzlich.

Gold schaute hin.

Tatsächlich stand dort ein junger Mann, der anscheinend auch gerade erst angekommen war, denn er drückte auf den Klingelknopf. Als er die beiden Männer kommen hörte, drehte er sich schnell um.

»Ist einer der Herren Mr. Comstock Bell?« fragte er höflich.

Gold schüttelte den Kopf.

»Nein, Mr. Bell hat sich für längere Zeit ins Ausland begeben.«

»Sind Sie ein Freund von ihm?« wollte der Fremde wissen.

»Warum interessiert Sie das?« fragte Gold.

Der junge Mann reichte ihm eine Karte.

»Mein Name ist Jackson – ich bin Reporter beim ›Post Journal‹. Wir sind darüber informiert worden, daß Mr. Bell heute geheiratet hat. Seit einer Viertelstunde klingle ich hier vergebens.«

Gold steckte den Umschlag in den Briefkasten, bevor er antwortete.

»Nun ja –«, meinte er gutgelaunt. »Ich heiße Gold, und Sie können das, was Ihnen Mr. Bell gesagt hätte, auch von mir erfahren. Er hat tatsächlich heute morgen geheiratet und ist anschließend nach Paris gefahren.«

»Würden Sie so freundlich sein und mir auch den Namen der Dame verraten? Das ist doch schließlich das Wichtigste!« Jackson lächelte. »Sie wissen ja, unsere Leser interessieren sich sehr für Millionäre und ihre Frauen.«

Gold zögerte. Seiner Meinung nach wäre es besser gewesen, wenn die Presse nichts davon erfahren hätte, aber anderseits konnte der Reporter den Namen jederzeit im Standesamtsregister finden.

»Er hat sich mit Miss Verity Maple verheiratet.«

Der Reporter pfiff leise vor sich hin.

»Das ist doch nicht etwa die Nichte des Mannes, der ...«

»Ja – aber diese Geschichte können Sie bei Ihrem Bericht ruhig vergessen.«

Jackson steckte sein Notizbuch wieder in die Tasche.

»An Miss Maple erinnere ich mich noch recht gut. Ich habe sie an dem Tag gesehen, an dem ihr Onkel auf so geheimnisvolle Weise verschwand.«

Sie standen immer noch auf der Treppe. Inzwischen ging Helder unten auf und ab und wartete ungeduldig auf das Ende der Unterhaltung.

»Ich danke Ihnen für Ihre liebenswürdige Auskunft«, sagte der Reporter und wollte eben weggehen, als ein Ausruf Helders seine Aufmerksamkeit erregte.

Helder starrte an ihm vorbei zu einem der Wohnzimmerfenster hinauf.

»Sehen Sie – dort!« rief er aufgeregt.

Gold blickte in die angegebene Richtung und war starr vor Staunen.

Am Fenster stand Verity Bell – ihr Gesicht drückte Angst, fast Schrecken aus. Geistesabwesend sah sie auf die Straße hinunter. Das Licht einer Straßenlaterne fiel voll auf ihr bleiches Gesicht. Dann bemerkte sie die drei Männer und trat schnell ins dunkle Zimmer zurück.

»Haben Sie das gesehen?« fragte Helder atemlos.

Er schien durch diese Entdeckung tief betroffen zu sein. Auch Golds Atem ging schneller, und kalter Schweiß trat auf seine Stirn. Etwas Unheimliches lag in der plötzlichen Erscheinung dieser Frau, die seiner Ansicht nach längst auf dem Kontinent sein mußte.

Er stand unentschlossen am Fuß der Treppe und machte eine Bewegung, als ob er wieder hinaufsteigen wollte, ließ es aber dann doch sein.

Der Reporter blickte von einem zum andern, seine Augen blitzten vor Erregung. Er witterte eine interessante Geschichte für seine Zeitung, und kein Mensch hätte ihn mehr davon abbringen können, sich auf die Sache zu stürzen. Gold wußte das, trotzdem legte er die Hand auf den Arm des Mannes und redete eindringlich auf ihn ein.

»Mr. Jackson, diese Angelegenheit sollte nicht in die Zeitung kommen. Ich bin davon überzeugt, daß es eine Erklärung für das unerwartete Auftauchen von Mrs. Bell gibt.«

»Sicher wird sich eine finden lassen«, erwiderte Jackson höflich und schaute auf die Uhr.

Gold war aufs äußerste beunruhigt.

»Ich mache Sie darauf aufmerksam, daß Mr. Bell gegen Sie vorgehen wird, wenn Sie etwas Nachteiliges über ihn berichten.«

»Das glaube ich Ihnen gern«, antwortete der Reporter, den nichts einschüchtern könnte. »Aber wissen Sie, meine Berichterstattung wird im liebenswürdigsten Plauderton abgefaßt sein.«

Er verabschiedete sich mit einem Kopfnicken. Gold machte keinen weiteren Versuch, ihn von seinem Vorhaben abzubringen.

Gold und Helder schauten dem Reporter nach, bis er außer Sicht war, dann gingen sie langsam weiter.

»Was hat das nur zu bedeuten?« brach Helder schließlich aufgeregt das Schweigen. »Dahinter steckt doch etwas! Ich sage Ihnen, das ist eine ganz faule Sache. Comstock Bell ist zu allem fähig. Aber ich werde es schon herausbringen!«

Gold packte ihn am Arm.

»Was wollen Sie denn tun?« fragte er ärgerlich.

»Ich werde sofort zur Polizei gehen.«

»Die Mühe können Sie sich sparen. Ich nehme an, die Polizei wird bald genug alle Informationen, die sie braucht, in der Zeitung finden. Und ich sehe auch gar nicht ein, warum gerade Sie so großes Interesse für die privaten Angelegenheiten Mr. Bells haben sollten!«

Helder konnte die Drohung, die in Golds Worten lag, nicht überhören.

»Was soll das heißen?« fragte er heiser.

»Das werden Sie in den nächsten Tagen schon erfahren. Ich gebe Ihnen nur den Rat, sich gefälligst um Ihre eigenen Angelegenheiten zu kümmern.«

»Ich weiß«, stieß Helder böse zwischen den Zähnen hervor, »daß es Ihnen Vergnügen macht, überall herumzuspionieren. Aber hüten Sie sich – wenn Sie jetzt etwa versuchen sollten, mir gesellschaftlich zu schaden ...«

Gold lachte.

»Ich weiß, daß Sie ein Gauner sind«, sagte er trocken. »Und ich weiß auch, daß Sie mit der Bande zu tun haben, die die Vereinigten Staaten mit falschen Fünfzigdollarnoten überschwemmt. Bis jetzt habe ich keine Beweise gegen Sie in der Hand, aber ich sage Ihnen offen, daß ich nicht lockerlasse, bis ich sie habe. Ihre Druckerei ist vermutlich nichts anderes als eine Fälscherwerkstatt. So, jetzt wissen Sie, was ich von Ihnen halte!«

»Das müßten Sie doch wohl erst beweisen«, erwiderte Helder giftig.

»Beweise!« Gold lachte höhnisch. »Glauben Sie denn, daß ich mit Ihnen anders als durch Gefängnisgitter sprechen würde, wenn ich Beweise hätte? Aber verlassen Sie sich darauf, ich werde mir welche zu verschaffen wissen.«

Sie standen sich unter einer Straßenlaterne gegenüber. Golds Gesicht war blaß vor Ärger – zum erstenmal in seiner beruflichen Laufbahn hatte er sich dazu hinreißen lassen, einen Gegner zu warnen. Mit seinen Nerven stand es eben nicht mehr zum besten, seit ihn seine Vorgesetzten in Washington ständig mit ungerechtfertigten Vorwürfen traktierten.

»Aha, so steht es also –«, sagte Helder nach einer langen Pause. »Gut, daß Sie mich gewarnt haben ...«

»Was aber nun Mrs. Bell betrifft«, schloß Gold diese Unterhaltung ab, »so steht es Ihnen natürlich frei, zur Polizei zu gehen. Ich könnte mir nur denken, daß es in Ihrem eigenen Interesse besser wäre, wenn Sie die Aufmerksamkeit nicht zu sehr auf sich lenkten!«

Ohne einen Gruß trennten sie sich.

19

Gold hätte sich nachträglich selbst ohrfeigen können, daß er so unvorsichtig gewesen war. Diese Unbedachtsamkeit würde seine Schwierigkeiten noch bedeutend vergrößern. Völlig falsch war er vorgegangen – selbstverständlich hätte er die Druckerei in Shropshire von der Polizei durchsuchen lassen müssen, bevor das Emigrantenblatt sein Erscheinen einstellen und die Belegschaft sich in alle Himmelsrichtungen zerstreuen würde. Jetzt war es für diese Aktion zu spät.

Verärgert kam er zu Hause an. Da erinnerte er sich plötzlich, daß sein Diener mit Parker bekannt war.

»Cole – Sie kennen doch Parker, Mr. Bills Diener?«

»O ja, Sir, wir sind gute Freunde.«

»Mr. Bell hat ihm heute freigegeben – wo glauben Sie wohl, daß man ihn finden könnte?«

»Meinen Sie jetzt gleich?« fragte Cole erstaunt.

»Noch heute Nacht, ja.«

»Wahrscheinlich ist er zu seiner Schwester gefahren. Sie ist die einzige Verwandte, die er in London hat.«

»Wo wohnt sie?«

»In Dalston, Sir. Ich kenne das Haus.«

Gold hatte sich seinen Plan bereits zurechtgelegt.

»Nehmen Sie ein Taxi, fahren Sie hin und bringen Sie Parker

hierher. Wie Sie ihn überreden, ist mir gleichgültig – auf jeden Fall, bringen Sie ihn mit!«

Ich müßte die Angelegenheit rasch erledigen können, dachte Gold, als Cole gegangen war, denn morgen wird die Geschichte in allen Zeitungen stehen. Er warf sich in einen Sessel und versuchte zu lesen, aber immer wieder sah er vor sich das verstörte Gesicht Veritys hinter der Fensterscheibe.

Ruhelos ging er im Zimmer auf und ab. Endlich hörte er die Haustür zufallen und Stimmen auf der Treppe. Gleich darauf führte Cole seinen Freund Parker herein.

»Sie haben doch einen Schlüssel zu Mr. Bells Haus?« fragte Gold sofort, nachdem er ihn begrüßt hatte.

»Ja, Sir.«

»Dann kommen Sie bitte gleich mit mir ...«

»Ist etwas passiert?« fragte Parker bestürzt.

»Nichts – hm, nichts von Bedeutung«, erwiderte Gold ungeduldig.

Er hielt es nicht für richtig, den Mann ins Vertrauen zu ziehen.

Mit einem Taxi fuhren sie zum Cadogan Square. Es war schon lange nach Mitternacht, der Platz lag einsam und verlassen da. Parker öffnete die Haustür.

»Einen Augenblick, Sir«, sagte er und knipste das Licht an.

»Gehen Sie nach oben und klopfen Sie an Mr. Bells Tür – sehen Sie nach, ob er zu Hause ist!«

»Aber, Sir ...«

»Tun Sie, was ich Ihnen sage –«, knurrte Gold in einem Ton, der keinen Widerspruch zuließ.

Parker eilte die Treppe hinauf. Nach einigen Minuten kam er zurück.

»Waren Sie in Mr. Bells Zimmer?«

»Jawohl, Sir, es ist niemand dort.«

»Was ist das hier für ein Raum?« fragte Gold und zeigte auf eine Tür.

»Das Wohnzimmer, Sir.«

»Bitte, öffnen Sie es.«

Die Tür war nicht verschlossen.

»Das ist merkwürdig«, murmelte Parker. »Ich weiß bestimmt, daß die Tür verschlossen war, als ich das Haus verließ«

»Hat außer Ihnen noch jemand einen Schlüssel?«

»Nur Mr. Bell, soviel ich weiß.«

Gold trat ein und drehte das Licht an. Das Zimmer war leer. Er zog tief die Luft ein.

»Riechen Sie nichts, Parker?«

»Ja, es riecht merkwürdig.«

Ein schwerer Veilchenduft lag in der Luft.

Gold prüfte den Raum eingehend. Alles schien in Ordnung zu sein. Nur auf der Fensterbank entdeckte er eine Umschlagtasche, wie man sie von den Reisebüros zusammen mit den Fahrkarten ausgehändigt bekommt. Offensichtlich hatte Bell seine Reise nach Wien bei Cook gebucht.

Die Durchsuchung des übrigen Hauses führte zu keinem Resultat. Im ganzen Gebäude befand sich niemand, und Mrs. Bell war spurlos verschwunden.

»Ich glaube, das genügt, Parker.«

»Es ist doch nicht eingebrochen worden?« fragte Parker beunruhigt.

Gold schüttelte nur den Kopf, verabschiedete sich und fuhr in seine Wohnung zurück. Die Erwartung, daß Verity während seiner Abwesenheit vorbeigekommen sein könnte, erfüllte sich nicht.

Nur ein Telegramm und ein Eilbrief warteten auf ihn. Doch weder das eine noch das andere war eine Nachricht von Comstock Bell. Der Brief kam von Scotland Yard und enthielt lediglich die kurze Mitteilung: ›Wir haben Willetts heute abend um elf Uhr verhaftet.‹

Gold hatte Scotland Yard gebeten, ihn über alles, was Willetts betraf, auf dem laufenden zu halten.

Das Telegramm aber stammte von seinem unmittelbaren Vorgesetzten in Washington und hatte folgenden Wortlaut: ›Sofort nach

Washington kommen – Aussprache unerläßlich – reisen Sie mit der Turanic.‹

Gold fluchte leise, als er erfuhr, daß die ›Turanic‹ schon am nächsten Tag losdampfte. Er verbrachte die Nacht mit Packen und verließ London morgens um sechs Uhr.

20

Während Gold nach Amerika fuhr, fragte man sich in London: Wo sind die Bells geblieben?

Das ›Post Journal‹ brachte diese Frage fettgedruckt als Überschrift eines Artikels, und natürlich machte die Zeitung aus der ganzen Sache eine Sensation und erging sich in geheimnisvollen Vermutungen. Denn schließlich hatten ja Reporter das junge Paar überall auf dem Kontinent ohne den geringsten Erfolg gesucht. Und hatte nicht Jackson am Abend nach der Hochzeit Mrs. Bell mit eigenen Augen gesehen – im Haus ihres Gatten, aus dem sie dann wieder spurlos verschwunden war?

Die Konkurrenzblätter gaben natürlich der Meinung Ausdruck, Mr. Jackson habe sich getäuscht, oder die Geschichte sei überhaupt nur erfunden worden, um die Auflagenhöhe des ›Post Journal‹ zu steigern. Daraufhin versuchte Jackson, einen der beiden Männer wiederzufinden, die mit ihm zusammen Verity Bell gesehen hatten. Aber da nur Gold sich ihm vorgestellt hatte, konnte er lediglich feststellen, daß sich dieser Mann nicht mehr in London aufhielt.

Am sechsten Tag nach dem Erscheinen der aufsehenerregenden Story traf bei der Redaktion des ›Post Journal‹ ein in Luzern aufgegebener Brief ein. Er war mit der Maschine auf einem Briefbogen des ›Hotel Schweizerhof‹ getippt und lautete:

›Sehr geehrte Herren,
wir haben mit Verwunderung die Ausführungen Ihres Berichter-

statters gelesen, der sich den Kopf darüber zerbricht, wo wir unsere Flitterwochen verbringen. Allerdings können wir nicht recht einsehen, warum sich die Öffentlichkeit mit unseren Privatangelegenheiten beschäftigen soll. Wir wären Ihnen daher sehr dankbar, wenn Sie uns in Zukunft nicht mehr mit solchen Veröffentlichungen belästigen würden. Als Privatpersonen legen wir Wert darauf, in Ruhe gelassen zu werden, und wir erwarten von Ihnen, daß Sie dies Ihren Lesern bekanntgeben. Wenn Sie schon so sehr um unser Wohlergehen besorgt sind, dann bitten wir Sie, sich um uns und unsere Reise nicht weiter zu kümmern.‹

Unterschrieben war der Brief mit ›Comstock Bell‹. Darunter stand in einer weicheren Handschrift ›Verity Bell‹.

Der Chefredakteur des ›Post Journal‹ übergab das Schreiben dem ziemlich niedergeschlagenen Jackson und sparte nicht mit unhöflichen Begleitbemerkungen.

»Ihr Bericht hat uns in eine mißliche Situation gebracht! Jetzt stehen wir als die Düpierten da!«

»Wäre es nicht ratsam«, schlug Jackson vor, »zunächst einmal in Luzern anzufragen, ob die Bells tatsächlich dort im Hotel wohnen oder gewohnt haben?«

Der Chefredakteur wurde noch um eine Spur ungehaltener.

»Ich wüßte nicht, warum wir noch mehr Zeit und Kraft an diese Sache verschwenden sollten!« erklärte er energisch. »Wenn die Bells herausbekommen, daß wir hinter ihnen herspionieren, können sie recht unangenehm werden.«

Jackson war klug genug, nichts weiter zu erwidern.

Gegen halb elf Uhr erschien der Lokalredakteur im Büro des Chefs.

»Wir haben heute keine einzige interessante Nachricht, die sich als Aufhänger für eine Schlagzeile eignen würde«, klagte er.

»Das habe ich mir schon gedacht. Ist denn bei Gericht im Old Bailey nichts los?«

»Nur ein oder zwei Fälle«, erwiderte der andere gelangweilt.

»Ein gewisser Willetts wurde wegen Fälschung einer Fünfzigpfundnote angeklagt.«

»Na, dann haben wir wenigstens etwas – das ist doch auch ein außergewöhnlicher Fall! Können Sie denn daraus nichts machen?«

Der Redakteur schüttelte den Kopf.

»Die Sache liegt zehn Jahre zurück, und der Mann hat seine Schuld glatt gestanden. Außerdem wurde die Fälschung in Paris begangen, und es handelte sich nur um eine einzige Banknote.«

»Wie lautet das Urteil?«

»Ein Jahr Gefängnis.«

»Warten Sie mal!« Der Chefredakteur rieb sich die Stirn. »War das nicht zu der Zeit, als ein paar Studenten den ›Klub der Verbrecher‹ gründeten?«

»Stimmt. Bei der Gerichtsverhandlung ist davon aber nichts erwähnt worden. – Am besten wird es sein, wenn wir die Vorgänge in der heutigen Parlamentssitzung zu einer guten Geschichte verarbeiten.« In diesem Augenblick wurde dem Lokalredakteur ein Telegramm gebracht. Er las es und reichte es dann dem Chef. »Von unserem Mitarbeiter Davis, der gerade seinen Urlaub in Luzern verbringt!«

»Hm!« meinte der Chefredakteur. »Das ist allerdings äußerst merkwürdig.«

Das Telegramm hatte folgenden Wortlaut:

›Mr. und Mrs. Comstock Bell sind weder im Hotel Schweizerhof noch anderswo abgestiegen. Der Name ist im Fremdenregister nicht zu finden.‹

Der Chefredakteur klingelte seiner Sekretärin.

»Rufen Sie Mr. Jackson – ich möchte ihn gleich sprechen ...« Er lief im Büro auf und ab, bis Jackson hereinkam, dem er das Telegramm entgegenstreckte. »Eine glänzende Wendung! Machen Sie eine gute Geschichte daraus – aber schnell!«

21

Zwei Wochen später kehrte Wentworth Gold nach London zurück. Die Meinungsverschiedenheiten waren bereinigt und wieder eingerenkt worden, seine Vorgesetzten hatten endlich begriffen, wie kompliziert seine Aufgabe war, und ihn äußerst zuvorkommend behandelt.

Auf der Rückfahrt nach England hatte Gold genügend Zeit, über Comstock Bell und dessen Frau nachzudenken. Nicht zuletzt die amerikanischen Zeitungen, die sich in großer Aufmachung mit dem Fall beschäftigt hatten, waren schuld daran, daß er täglich an seinen seltsamen Freund erinnert wurde.

Vor allem war es der Fund, den Gold in Comstocks Haus am Cadogan Square gemacht hatte, an dem er herumrätselte. Es handelte sich um die Umschlaghülle des Cookschen Reisebüros. Zwei Fahrkartenhefte waren darin gewesen, wobei nur je die Billetts von London nach Dover und von Dover nach Calais fehlten. Für die übrige Reise bis nach Wien waren noch alle Karten vorhanden. Nun wäre es ja möglich gewesen, daß Bell die Fahrkarten nach Dover und die Schiffskarten nach Calais vorher herausgenommen und die übrigen Fahrkarten zu Hause liegengelassen hätte. Seltsamerweise aber war die Karte von Calais nach Amiens gelocht, und das wiederum stand im Widerspruch zu der Vermutung, daß Bell die beiden Hefte bei seiner Abreise vergessen hatte.

Gold erwartete mit Bestimmtheit, bei seiner Ankunft in London zu erfahren, daß Comstock Bell von seiner Hochzeitsreise zurück sei. Um so erstaunter war er, statt dessen einige Briefe von ihm vorzufinden. Einer war in Paris am Tag nach der Ankunft des Paares aufgegeben worden, ein anderer, auf Briefpapier des ›Hotel Schweizerhof‹ geschrieben, kam aus Luzern. In beiden Briefen berichtete Bell von der Reise, erzählte von kleinen Erlebnissen und beschrieb das Wetter. Der dritte Brief stammte aus Wien und machte das Geheimnis nur noch undurchsichtiger. Vor allem stand in keinem der Schreiben ein Wort über den Verlust der Fahrkarten

– und gerade über solche Dinge ärgern sich Reisende gewöhnlich am allermeisten, selbst wenn sie noch so reich sind.

Gold mußte sich eingestehen, daß er die Zusammenhänge in keiner Weise begriff. Sollte diesmal sein kriminalistischer Spürsinn versagt haben? Er mußte Licht in diese dunkle Angelegenheit bringen, ganz unabhängig davon, ob er nun mit Bell befreundet war oder nicht.

Einen Tag nach seiner Ankunft erhielt Gold einen Brief von Scotland Yard, in dem er aufgefordert wurde, zu Chefinspektor Symons zu kommen.

Dieser Beamte galt als äußerst tüchtig. Er war ein hagerer, großer Mann mit einer beginnenden Glatze und blauen, durchdringend blickenden Augen.

Er begrüßte Gold sehr freundlich und schob ihm einen Stuhl hin.

»Setzen Sie sich bitte, Mr. Gold«, sagte der Chefinspektor. »Ich habe Sie kommen lassen, weil ich Sie bitten möchte, uns bei dieser Bell-Affäre zu helfen. Die Zeitungen können sich ja nicht beruhigen – und sie würden noch sensationellere Überschriften drucken, wenn sie wüßten, was wir wissen.«

Gold trat ans Fenster und schaute auf das Themseufer hinunter.

»Ich sehe nicht ganz ein«, sagte er ein wenig ärgerlich, »warum man so viel Aufhebens um die Sache macht.«

Symons lächelte vielsagend.

»Kommt Ihnen denn an der Geschichte nichts seltsam vor?«

»Natürlich, sie ist recht merkwürdig – aber worauf wollen Sie hinaus?«

»Bringen Sie Bells Verschwinden nicht auch mit gewissen Dingen in Zusammenhang, die gerade Sie sehr viel angehen?«

»Sie denken an die Banknotenfälschungen?« fragte Gold überrascht. »Nein – warum?«

»Für gewöhnlich halte ich nicht viel von anonymen Briefen«, erwiderte Symons, »aber die Briefe, die ich kürzlich in dieser Angelegenheit erhielt, gingen so ins Detail und wirkten so einleuchtend, daß ich sie in gewisser Weise ernst nehmen muß. Es werden darin

Vermutungen ausgesprochen, die man nicht von der Hand weisen kann.«

»Zum Beispiel?«

»Ist es vielleicht nicht auffallend, daß ausgerechnet die beiden Menschen, die das Mittel zur Identifizierung der Fälschungen kannten, spurlos verschwanden? Der eine war Maple ...«

»Und der andere?«

»Natürlich seine Nichte.«

»Aber sie ...«

»Sie kannte wahrscheinlich die Zusammensetzung der Flüssigkeit. Und sieben Tage nach Maples Verschwinden heiratete Comstock-Bell ausgerechnet Verity Maple – ein Mädchen, das ganz außerhalb seines Bekanntenkreises stand.«

»Daß sie die Zusammensetzung der Flüssigkeit kannte, ist völlig unwahrscheinlich«, widersprach Gold entschieden. »Sicher, vieles an der Geschichte ist merkwürdig, aber ich zweifle nicht, daß sich Erklärungen finden werden.«

»Das wünschte ich auch. Auf alle Fälle müssen wir der Sache nachgehen. Die Zeitungen berichteten, daß das Paar London am Hochzeitstag verlassen habe und in Paris auch eingetroffen sei – aber Mrs. Bell wurde doch gleichzeitig hier in London gesehen, nicht wahr?«

Symons sah Gold durchdringend an.

»Ja, sie war in London«, bestätigte Gold.

»Wir haben also jetzt zwei Aufgaben vor uns«, begann ihm der Chefinspektor auseinanderzusetzen. »Einmal müssen wir den Aufenthaltsort Verity Bells ermitteln und zum andern ihren Onkel auffinden. Wenn wir die beiden erst einmal haben, sind wir bestimmt ein schönes Stück weiter. Ich habe mir gedacht, daß es am besten ist, wenn wir Sie in dieser Sache von allen unseren Schritten unterrichten. Ich hoffe, daß wir auf Ihre Mitarbeit zählen können.«

Gold nickte höflich.

»Ich stehe selbstverständlich zu Ihrer Verfügung, nur muß ich Sie bitten, mir zwei Mitarbeiter zu überlassen.«

»Sie können Leute haben, soviel Sie brauchen.«

»Am besten schicken Sie die beiden zur mir nach Hause. Ich möchte nämlich einen gewissen Helder beobachten lassen.«

»Helder?«

Symons runzelte die Stirn.

»Ja –«, sagte Gold. »Er ist der Absender der anonymen Briefe.«

Der Chefinspektor schaute seinen Besucher einen Augenblick lang erstaunt an, dann begleitete er ihn zur Tür und verabschiedete sich von ihm.

Gold trat auf die belegte Straße hinaus. Er hatte jetzt einen bestimmten Plan und wollte keine Zeit verlieren, ihn auszuführen.

Die beiden Beamten würden bestimmt gut auf Helder aufpassen. Aber Comstock Bell – sollte er tatsächlich mit dieser Fälscherbande in Verbindung stehen? Gold verzog den Mund.

Er gab eine Reihe von Telegrammen auf, und seine Agenten, die an allen möglichen Orten arbeiteten, schickten ihm nacheinander ihre Berichte.

Um neun Uhr abends verließ Gold seine Wohnung in Begleitung zweier Herren. Es blies ein scharfer Ostwind, und alle drei fröstelten, als sie rasch in eine Nebenstraße einbogen, wo ein Wagen auf sie wartete.

»Haben Sie den Haftbefehl?« fragte Gold einen seiner Begleiter.

Der Kriminalbeamte nickte.

»Und ist es auch der richtige Mann?«

»Ja, Sir. Man konnte ihn nicht verwechseln. Er hat eine Narbe am Kinn und war offensichtlich betrunken. Ich folgte ihm von Soho zur Great Central Station. Dort traf er mit dem Amerikaner zusammen.«

»Und von dort aus sind Sie den beiden bis zu ihren Wohnungen nachgegangen?«

»Nein, den Amerikaner haben wir aus den Augen verloren.«

Der Wagen fuhr jetzt die belebte High Street und die Commercial Road entlang. Als sie die Sidney Street hinter sich gelassen hatten, hielten sie in einer engen Straße.

»Ich habe diese Stelle gewählt«, bemerkte Gold, »weil hier der Bühneneingang eines Konzertsaals ist, vor dem dauernd Autos parken.«

Der eine Beamte übernahm die Führung. Sie gingen am Bühneneingang vorbei und bogen in eine belebte Straße ein. Die Umgebung war armselig und wenig einladend. Obwohl es schon spät war, trieben sich noch eine Menge Kinder vor den Haustüren herum. Die drei Männer erregten weiter kein Aufsehen – Polizeibesuche waren in dieser Gegend ziemlich häufig.

Sie schritten schnell aus und kamen in ein Gäßchen, das noch ärmlicher und verfallener wirkte. Hier war kaum jemand zu sehen, nur ab und zu huschte eine dunkle Gestalt die Häuserwände entlang. Vor einer der Haustüren stand ein Mann, der die Ankömmlinge offensichtlich erwartete.

»Hier ist es!« sagte der Beamte, der vorausgegangen war.

Gold stieß die Tür auf und trat ein, die anderen folgten. Er hatte kaum zwei Schritte in den Hausgang gemacht, als ihm ein Mann entgegenkam und argwöhnisch fragte:

»Was gibt's?«

Gold leuchtete ihm mit seiner Taschenlampe ins Gesicht.

»Wo ist der Russe?« fuhr er ihn an.

»Eine Treppe hoch«, antwortete der Mann bereitwillig, sichtlich froh, daß der Polizeibesuch nicht ihm galt.

»Nach vorn oder nach hinten?«

»Hinten hinaus. Gleich das erste Zimmer.«

Gold eilte hinauf, so schnell er konnte. Die Kriminalbeamten hielten sich dicht hinter ihm.

Sie erreichten die Tür, und Gold versuchte, sie leise zu öffnen. Sie war verschlossen. Er klopfte, doch niemand meldete sich. Erst als er mit der Faust gegen die Tür schlug, hörte man schlurfende Schritte im Zimmer.

»Wer ist draußen?« fragte eine rauhe Stimme.

Gold sagte etwas in einer Sprache, die die Beamten nicht verstanden.

Sie warteten gespannt. Endlich drehte sich der Schlüssel im Schloß, und die Tür wurde einen Spalt breit geöffnet. Gold stieß sie ganz auf und trat ein. Auf den ersten Blick sah er, daß es sich um den Mann handelte, den er suchte. Er erkannte ihn nach der Beschreibung – die Narbe am Kinn war nicht zu übersehen. Offensichtlich hatte er getrunken und wollte gerade seinen Rausch ausschlafen.

»Wer sind Sie?« fragte er und blinzelte in den Strahl der Taschenlampe.

»Machen Sie Licht«, sagte Gold über die Schulter zu einem seiner Begleiter.

Der Beamte nahm ein Streichholz und zündete die kleine Petroleumlampe auf dem Tisch an.

Der Raum war nicht mehr als ein elendes Loch.

Außer einem schmutzigen Bett, dem Tisch und einem Stuhl enthielt er nichts.

»Sie sind verhaftet«, sagte Gold auf russisch. »Hände hoch, los!«

Der Mann hob widerwillig die Hände.

Gleich darauf schnappten die Handschellen über seinen Handgelenken zusammen.

»Setzen Sie sich auf den Stuhl dort!« befahl Gold. »Wenn Sie uns alles erzählen, was Sie wissen, haben Sie nicht viel zu befürchten.«

»Ich werde Ihnen nichts erzählen«, erwiderte der Mann verdrossen.

Die Beamten durchsuchten das Zimmer und auch die Taschen des Verhafteten gründlich. Sie fanden nichts, was irgendeinen Aufschluß hätte geben können – keine Briefe, keine Papiere, nicht die kleinste Notiz. Nur aus der hinteren Hosentasche zogen sie einen Browning.

Der Kriminalbeamte, der schon auf dem Hinweg gefahren war, holte den Wagen, und als Gold die Lampe ausblies und zusammen mit dem zweiten Beamten den Gefangenen nach unten führte, wartete das Auto bereits vor der Tür.

Schnell schoben sie den Russen hinein, und bevor noch die Bewohner der Little John Street merkten, was vorgefallen war, fuhr das Auto in westlicher Richtung davon.

22

Ein langgestreckter Saal zu ebener Erde – früher war eine Möbelschreinerei darin untergebracht gewesen, doch jetzt saßen an kleinen Tischen und Pulten Leute, die im Schein starker Lampen fleißig und schweigsam arbeiteten. Von der einen Schmalseite her hörte man hinter einer Holzwand das Stampfen einer Maschine.

Die Leute, die hier beschäftigt waren, setzten sich fast ausschließlich aus Ausländern zusammen. Es waren Druckereifacharbeiter, Lithographen, Graveure, und sie führten Arbeiten aus, die sich durchaus nicht vor dem Auge des Gesetzes zu verbergen brauchten. Es handelte sich hauptsächlich um die Herstellung von Kunstdrucken.

Nachfrage bestand auch für die Erzeugnisse, die eine kleine Maschine im Nebenraum in gleichmäßigen Abständen auswarf – es waren vollendet gedruckte Fünfdollarnoten.

Die Druckmaschine war kleiner als die üblichen Banknotenpressen, doch die Scheine, die sie lieferte, waren tadellos, und auch ein geübtes Auge konnte keinen Fehler an ihnen entdecken.

Ein untersetzter Mann saß auf einem Stuhl neben der Maschine. Er kaute am erloschenen Stummel einer Zigarre herum, seinen weichen Filzhut hatte in den Nacken geschoben, die Hände tief in die Hosentaschen vergraben.

So lässig er dasaß, so scharf beobachtete er den Druckvorgang und jede Bewegung des Druckers, der die ausgeworfenen Scheine fachgerecht bündelte und mit einem Streifenband versah. Als hundert solcher Bündel bereitlagen, legte der Mann auf dem Stuhl einen Schalter um, und die Maschine kam zum Stillstand.

»Genug für heute abend –« sagte er.

Mit einigen Handgriffen löste der Drucker die Platte, von der die Banknoten gedruckt worden waren, reinigte sie sorgfältig mit einer scharfriechenden Flüssigkeit und wickelte sie dann in Seidenpapier. Der Mann auf dem Stuhl nahm die Platte entgegen und steckte sie in seine Brusttasche. Er wartete noch, bis der Drucker eine andere Platte in die Maschine gespannt hatte, von der Etiketten für Lagerbier abgezogen werden konnten. Das übriggebliebene Banknotenpapier nahm er unter den Arm, schob die fertigen Notenbündel in eine Aktentasche und verschwand damit in einem kleinen Nebenraum, der früher dem Möbelschreiner als Büro gedient hatte.

Dort öffnete er einen Geldschrank, legte das Notenpapier und die Aktentasche hinein und verschloß die große Stahltür wieder. Er griff nach der Whiskyflasche auf dem Tischchen und goß sich ein Glas voll. In letzter Zeit war er sehr nervös geworden. Verschiedentlich hatte es falschen Alarm gegeben. Seit einigen Wochen mußte er ständig in der Furcht leben, daß die Polizei überraschend an die Tür klopfte.

Er leerte das Glas und seufzte befriedigt. Morgen würden alle Banknoten sauber verpackt in zweihundert verschiedenen Briefumschlägen an die zweihundert Agenten in den Vereinigten Staaten weitergeleitet werden, und so fort ein paar Tage lang. Die Platten würden noch einiges aushalten. Außerdem waren bereits wieder neue in Vorbereitung, die einer der ersten Spezialisten auf diesem Gebiet gravierte – allerdings gegen seinen Willen.

Er schaute auf die Uhr – Viertel nach acht. Noch immer überlegend verließ er das Büro, durchquerte den Maschinenraum und begab sich in die große Werkstatt hinüber.

»Sie können für heute abend Schluß machen«, sagte er zum Werkmeister, einem älteren Mann, der gerade mit einer starken Lupe eine Autotypie untersuchte.

Die Arbeitsstunden hier waren ganz unregelmäßig. Brown richtete es stets so ein, daß die mit rechtmäßiger Arbeit beschäftigten Leute ebenfalls an ihren Pulten saßen, wenn die kleine Notenpresse in Betrieb war. Auch Helders Zeitschrift ›Die Warnung‹, die hier gedruckt wurde, hatte einzig die Aufgabe, dem ganzen Unternehmen den Anstrich eines harmlosen, normal arbeitenden Betriebes zu geben.

Außer Brown und seinem Chef gab es nur noch zwei Eingeweihte. Einer davon war der Drucker, der vormittags in einer anderen Stellung arbeitete. Er war ein verschwiegener Mann, auf den man sich verlassen konnte – Helder hatte ihn mit größter Umsicht ausgewählt. Um den zweiten dagegen machte sich Tiger Brown zur Zeit große Sorgen.

Brown saß schon eine Weile wieder in seinem Büro, als leise an die Hintertür geklopft wurde. Diese zweite Tür führte direkt in einen Schuppen und von dort ins Freie. Brown drehte das Licht aus und schloß vorsichtig auf.

»Schon gut, ich bin's!« Es war Helder. Er trat ein und schloß die Tür. »Haben Sie bis jetzt gedruckt?«

»Vor zehn Minuten sind wir fertig geworden«, antwortete Brown.

»Sehen Sie zu, daß Sie noch heute nacht alles wegschicken können!«

Helder war äußerst aufgeregt und nervös.

»Was ist denn los?« fragte Brown ärgerlich.

»Ich weiß es selbst nicht genau – ich werde das Gefühl nicht los, daß mir jemand auf Schritt und Tritt folgt.«

»Dann ist es ausgesprochen blödsinnig, daß Sie ausgerechnet hierherkommen!« fuhr Tiger Brown respektlos auf.

»Ich mußte aber noch heute abend mit Ihnen sprechen«, sagte Helder hastig. »Brown, die Sache wird im höchsten Grade brenzlig. Verbrauchen Sie so schnell wie möglich alles vorrätige Notenpapier, und vernichten Sie dann die Platten. Wir müssen die Druckkerei hier schließen, verstanden?«

Brown nickte. Offensichtlich fiel ihm ein Stein vom Herzen.

»Je eher, desto besser! Wir haben schon viel zu lange gewartet. Seit Iwan verhaftet worden ist, brennt mir der Boden unter den Füßen.«

»Verhaftet?« wiederholte Helder. »Warum ist er verhaftet worden? Und wann ist das passiert?« Sein Gesicht war kreidebleich geworden, seine Hände zitterten. »Wenn er die Klappe nicht hält, sind wir verloren. Und es sollte mich wundern, wenn ihn Gold nicht zum Sprechen bringt! Wo ist er?«

»Woher soll ich das wissen? Glauben Sie vielleicht, ich sei so dämlich, in den verschiedenen Polizeigefängnissen nachzufragen? Was seine Schweigsamkeit betrifft, können wir ziemlich beruhigt sein. Reden tut er eigentlich nur, wenn er besoffen ist – und zu einem Rausch wird ihm die Polizei ja wohl kaum verhelfen.«

»Warum haben Sie mich nicht benachrichtigt?« fragte Helder und fluchte leise. »Jetzt können wir nur hoffen, daß Iwan dichthält – vielleicht kommen wir noch einmal mit einem blauen Auge davon. Glücklicherweise ist die Polizei halb davon überzeugt, daß Comstock Bell mit der Geschichte zusammenhängt. Man sucht ganz Europa nach ihm ab! Und solange man hinter ihm her ist, läßt man uns hier hoffentlich in Ruhe.«

»Aber Sie müssen doch damit rechnen, daß er plötzlich wieder auftaucht«, meinte Brown.

»Ich glaube kaum, daß das geschieht.« Helder lächelte. »Der Verdacht, den ich habe, scheint sich zu bestätigen. Morgen werde ich wissen, ob ich richtig vermute. Übrigens ganz im Ernst, fast alle amtlichen Stellen in London sind der Ansicht, daß Comstock Bell mit der Falschgeldaffäre zu tun hat.«

»Was sagt man denn in London sonst noch darüber? Ich habe schon seit Tagen keine Zeitung mehr gelesen.«

Helder sah seinen Komplicen erstaunt an.

»Na, das sollten Sie aber tun, mein Lieber! Die amerikanische Regierung hat . . .«

Er brach plötzlich ab, weil er sich überlegte, daß es eigentlich nicht klug sei, diesem Mann zu erzählen, daß eine Belohnung von einer Million Dollar ausgesetzt worden war für denjenigen, der entscheidend zur Festnahme der Falschgeldbande beitrug.

»Was hat die amerikanische Regierung?« erkundigte sich Tiger Brown, neugierig geworden.

»Sie hat eine große Belohnung ausgesetzt –«, sagte Helder gelassen, denn Brown würde es ja auf irgendeine Weise doch erfahren. »Unter keinen Umständen wird diese Belohnung aber an Personen ausgerichtet, die an den Fälschungen beteiligt waren.« Auf den letzten Satz legte er großen Nachdruck. »Das heißt, zwei bekommen die Belohnung bestimmt nicht – nämlich Sie und ich!«

Tiger Brown schenkte sich ein neues Glas Whisky ein. Helder beobachtete ihn und überlegte sich, daß Brown gefährlich werden könnte.

»Was werden Sie mit Maple anfangen?« fragte Brown plötzlich.

»Darüber wollte ich mich gerade mit Ihnen unterhalten.« Helder lief unruhig in dem kleinen Raum hin und her. »Wir müssen noch heute mit ihm reden ...« Er brach mitten im Satz ab und lauschte. »Was war das?«

»Ich habe nichts gehört«, erwiderte Brown. »Die Leute nebenan machen Schluß, da gibt es natürlich allerhand Lärm.«

Helder schlich zu der Tür, durch die er hereingekommen war, und horchte angespannt.

»Da draußen steht jemand«, flüsterte er Brown zu.

»Sie sind wirklich übernervös – niemand ist da.«

Helder knipste das Licht aus, schloß leise die Tür auf und öffnete sie mit einem Ruck.

Niemand. Der Strahl der Taschenlampe wanderte durch den leeren Schuppen bis zur Tür – sie war angelehnt.

Die beiden Männer sahen sich an und liefen dann zur Schuppentür. Helder spähte hinaus – er sah eine Gestalt, die im Schatten der Hauswand auf das Tor in der hinteren Umfassungsmauer zuschlich. Brown riß einen Revolver aus der Tasche, aber Helder packte ihn am Arm.

»Sie sind wohl ganz verrückt! Wollen Sie uns unbedingt die Polizei auf den Hals hetzen? Los, schnell, hinter ihm her!«

Die beiden rannten der Gestalt nach, die gerade durchs Tor schlüpfte. Sie hörten das Einschnappen des Schlosses und eilende Schritte, die sich auf der Straße entfernten.

»Haben Sie einen Schlüssel? Ich habe meinen . . .«

Brown durchsuchte nervös seine Taschen, fand den Schlüssel und schloß mit zitternder Hand auf.

Sie liefen auf die Straße, und wieder war es Helder, der den Fliehenden zuerst entdeckte. Es war jemand von sehr kleiner Statur. Beide sahen ihn deutlich, als er an einer Straßenlaterne vorbeieilte.

»Wir müssen ihn erwischen! Laufen Sie, so schnell Sie können!«

Die Gestalt verschwand um eine Ecke, und gleich darauf hörten sie einen Motor aufheulen. Als sie in die Nebenstraße einbogen, sahen sie, wie sich ein Wagen mit abgeblendeten Lichtern entfernte.

»Schnell!« rief Helder. »Mein Auto steht dort drüben . . .«

Er stürzte zu seinem Wagen, beide sprangen hinein, Helder gab Gas, und sie nahmen die Verfolgung auf.

»Ein Glück, daß ich meinen Wagen hier abgestellt hatte –«, keuchte Helder. »So haben wir eine Chance, ihn noch zu erwischen.«

»Glauben Sie wirklich, daß er was gehört hat?«

»Ganz bestimmt. Er muß unmittelbar an der Tür gelauscht haben.«

»Na, viel gehört kann er ja nicht haben«, meinte Brown.

»Die Tatsache allein, daß er uns belauschte, genügt mir!«

Helder war ein guter Fahrer und hatte einen so starken Wagen, daß der Abstand zu den beiden roten Schlußlichtern, denen sie folgten, immer kleiner wurde. Sie sausten durch die City, die Queen Victoria Street und dann das Themseufer entlang. Helders Nerven vibrierten, als sie sich dem großen Gebäudekomplex auf der rechten Seite näherten, der in der ganzen Welt berühmt ist.

»Wenn er bei Scotland Yard hält, müssen wir noch in dieser Nacht England verlassen – wenn es uns noch gelingt ...«

Er atmete auf, als der Wagen an dem großen Torbogen des Polizeipräsidiums vorbeiraste, rechts einbog und über die Westminster Brücke fuhr. Am andern Ufer bremste das Auto scharf, jemand sprang heraus, und als die Verfolger ebenfalls anhielten, lief der Unbekannte bereits die lange Treppe hinunter, die zum Fluß führte.

»Jetzt haben wir ihn!« rief Helder triumphierend.

Er stürzte hinterher, die Treppe hinab, so schnell er konnte, doch auf den untersten Stufen machte er erschrocken halt. Ein kleiner Landungssteg lag vor ihm, grell beleuchtet vom Scheinwerfer eines Motorbootes, in dem zwei Leute saßen, und unmittelbar vor ihm stand – Mrs. Verity Bell!

»Kehren Sie ruhig wieder um, Mr. Helder«, sagte sie und richtete wie nebenbei eine langläufige Pistole auf ihn, als ob es ein Sonnenschirm wäre. »Sie haben meinen Mann eines Verbrechens beschuldigt, das Sie selbst begehen. In Ihrem eigenen Interesse kann ich Ihnen nur raten, sich in acht zu nehmen.«

23

Der Kassierer von Cooks Reisebüro an der Place de l'Opéra in Paris war wie immer vielbeschäftigt. Gerade wurden ihm von einem Kunden fünf französische Banknoten zu je tausend Francs und acht amerikanische Hundertdollarscheine eingehändigt mit dem Ersuchen, sie in englisches Geld umzuwechseln. Er zählte die Scheine, rechnete den derzeitigen Kurs aus, entnahm einem Geldschrank, der in seiner Reichweite stand, die erforderliche Anzahl englischer Banknoten und legte zwei Pfund und etwas Kleingeld dazu.

Bevor er die Summe aushändigte, zählte er, wie er es immer tat, die französischen und amerikanischen Scheine noch einmal nach. Dabei fiel ihm auf, daß bei einem Schein der Aufdruck ›Banque Nationale‹ nicht die gewohnte tiefviolette Färbung aufwies. Er hielt den heller gefärbten Schein neben die anderen und sein Verdacht verstärkte sich.

Jetzt prüfte er auch die amerikanischen Banknoten genauer. Sie unterschieden sich zwar in keiner Weise voneinander, aber um ganz sicher zu gehen, verglich er sie mit einem Hundertdollarschein, den er aus dem Geldschrank nahm. Wieder schien ihm etwas nicht ganz zu stimmen. Zeichnung und Druck waren genau gleich, dennoch sagte ihm ein sicheres Gefühl, daß irgend etwas damit nicht in Ordnung war.

Kurz entschlossen drückte er auf den unter der Tischplatte seines Schalters verborgenen Klingelknopf, und der mittelgroße Herr, der ungeduldig auf sein Geld wartete, sah plötzlich neben sich zwei Hausdetektive auftauchen.

»Würden Sie so liebenswürdig sein, Monsieur, uns ins Büro des Direktors zu folgen?«

Diesen Wunsch hatte der Herr aber durchaus nicht. Laut und erregt sprach er auf die beiden ein und protestierte energisch gegen die Belästigung, wie er es nannte. Seine Aussprache verriet unverkennbar den Amerikaner. Schließlich drehte er sich um und wollte den Raum verlassen, und das war in dieser Situation das Dümmste, was er tun konnte. Welcher vernünftige Mann würde einen so hohen Betrag, auch wenn er sich noch so ärgerte, ohne weiteres im Stich lassen?

Die beiden Beamten, die bis jetzt höflich neben ihm gestanden hatten, packten zu. Einen Augenblick lang gab es eine etwas turbulente Szene, doch dann wurde der Mann ohne weiteres in einen Nebenraum geschoben, dessen Tür sich schnell hinter ihm schloß. Eine Viertelstunde später verließ er das Gebäude durch einen Hinterausgang, eskortiert von zwei Polizisten, die ihn in die Mitte nahmen.

Gold, der gerade dabei war, sich vom Polizeipräsidium einen

Haussuchungsbefehl für Helders Wohnung zu verschaffen, verließ auf ein Telegramm hin London mit dem nächsten Zug und fuhr nach Paris.

Ein hoher Beamter der französischen Kriminalpolizei holte ihn an der Gare du Nord ab und begleitete ihn zur Präfektur. Auf dem Weg dorthin berichtete ihm der französische Kollege, was sich ereignet hatte.

»Ob die amerikanischen Dollarnoten gefälscht sind, konnten wir noch nicht genau feststellen – die französischen Scheine sind es auf jeden Fall. Der Mann, den wir verhaftet haben, ist Amerikaner. Er kam am letzten Samstag in Le Havre an und hatte eine ganze Menge Empfehlungsschreiben an die verschiedenen amerikanischen Konsulate in Europa bei sich. Wenn er durch sein ungeschicktes Verhalten sich nicht verdächtig gemacht hätte, wäre er bestimmt nicht festgenommen worden. Wahrscheinlich hätten wir ihn eben für das unschuldige Opfer irgendeines Gauners gehalten.«

»Wie heißt er eigentlich?«

»Er nennt sich Schriener und gibt an, daß er in New York ein Versandhaus für Porzellanwaren hat und sich auf einer Erholungsreise in Europa befindet. Die New Yorker Polizei war auch schon hinter ihm her, wie wir erfahren haben. Sein Gepäck wurde natürlich sorgfältig durchsucht.«

»Und haben Sie etwas Besonderes gefunden?«

»Nichts, das ihn belasten könnte –«, sagte der französische Beamte und zögerte. »Wir haben Sie hergebeten, damit Sie sich einmal mit ihm unterhalten. Im übrigen hat er sich bereits mit dem amerikanischen Konsulat in Paris in Verbindung gesetzt.«

Gold nickte. Die meisten Amerikaner wandten sich sofort an ihre Botschaften, wenn sie in Schwierigkeiten gerieten.

Gold unterhielt sich mit dem Mann in einem kleinen Büro in der Präfektur, wo man ihn vorläufig untergebracht hatte. Er war mittelgroß, grauhaarig, gut angezogen, ungefähr fünfzig Jahre alt. Als Gold ihm die Hand reichte, fiel ihm sofort auf, daß seine Hand ziemlich rauh war. Der Verhaftete sah auch keineswegs so aus, als ob er sein Leben als reicher Müssiggänger verbracht hätte. Auf alle Fragen gab er nur zögernde Antworten, und Gold brach das Verhör bald ab, um im Büro des Polizeipräfekten die amerikanischen Banknoten zu untersuchen. Er besah sie von allen Seiten, dann gab er sie wieder zurück.

»Es besteht gar kein Zweifel«, sagte er, »daß sie alle gefälscht sind – und zwar meisterhaft. Darf ich einmal sehen, was der Mann sonst noch bei sich trug?«

Es waren vor allem Kreditbriefe auf kleinere Beträge und Empfehlungsschreiben von einflußreichen Persönlichkeiten in New York. Gold interessierte sich nicht sehr dafür, weil er wußte, wie leicht so etwas zu bekommen war. Unter den Briefen entdeckte er ein Notizbuch mit Eintragungen, die hauptsächlich Hotels und Pensionen betrafen. Wichtiger erschien ihm eine kleine Liste von Firmen, von denen er wußte, daß sie große Geldgeschäfte tätigten. Am aufschlußreichsten war jedoch ein Briefumschlag, auf dem die Adresse des Festgenommenen stand. Er wohnte im Palace Hotel. Die Adresse war von Hand geschrieben, und das längliche Kuvert war mit einer englischen Briefmarke versehen und in London aufgegeben worden.

Gold wandte sich an seinen französischen Kollegen.

»Haben Sie das Hotel unter Bewachung gestellt?«

Der andere nickte.

»Ich glaube zwar nicht, daß viel dabei herauskommt«, meinte Gold. »Vermutlich arbeiten sie immer nach der gleichen Methode – die gefälschten Noten werden in kleinen Mengen an die Agenten verschickt, die sie unterbringen müssen. Nach einiger Zeit kommt dann wieder ein kleines Paket.«

»Glauben Sie, daß eine neue Sendung an diese Adresse zu erwarten ist?« fragte der französische Beamte.

»Nein, das glaube ich unter keinen Umständen. Für den Fall einer Verhaftung sind bestimmt Sicherungen eingebaut – es ist anzunehmen, daß neue Sendungen erst erfolgen, nachdem der Agent einen Teil seines Erlöses an die Zentrale abgeliefert hat. Sie brauchen also nicht zu hoffen, daß noch etwas eintrifft.«

Gold nahm die gefälschten Scheine wieder in die Hand und betrachtete sie noch einmal sehr aufmerksam.

»Ein hervorragender Druck –«, sagte er. Dann starrte er plötzlich auf eine Ecke des Scheins, den er gerade in Händen hielt. »Entschuldigen Sie einen Augenblick!« rief er aus und trat schnell ans Fenster.

Ein grauer Himmel lag über Paris, und das Licht war schlecht. Trotzdem sah Gold jetzt, daß von der einen Schmalseite der Banknote zur anderen eine merkwürdige Linie verlief, die nur auf den ersten Blick in die verschlungene Gravierung zu gehören schien.

»Kann ich eine helle Lampe und ein Vergrößerungsglas haben?« fragte er.

Der Franzose knipste die Schreibtischlampe an und holte aus einer Schublade ein starkes Vergrößerungsglas.

Gold strich die Note glatt und prüfte sie durch das Glas. Plötzlich pfiff er leise vor sich hin, das Blut schoß ihm ins Gesicht, und seine Augen glänzten.

»Hier – sehen Sie mal her!« rief er triumphierend, gab dem andern das Glas und bezeichnete mit dem Fingernagel die betreffende Linie, die eigentlich gar keine Linie, sondern eine mit unglaublicher Geschicklichkeit eingravierte Schriftzeile war und folgendermaßen lautete:

›Verity Maple, 942 Crystal Palace Road, London. Banknoten Nr. 687 642 – 687 653. Milch anwenden.‹

Der Franzose sah Gold verblüfft an.

»Was soll das heißen?« fragte er aufgeregt.

Gold war ans Fenster getreten und schaute hinaus.

»Ich glaube, ich verstehe den Sinn«, sagte er nach einiger Zeit. »Ich hoffe es wenigstens.«

»Aber wer hat das eingraviert?«

»Dafür kommt nur ein Mann in Frage – Tom Maple!« antwortete Gold.

24

Helder fuhr durch den prasselnden Regen zu seinem Landhaus. Er steuerte den Wagen selbst, Tiger Brown saß neben ihm. Keiner sprach während der ganzen Fahrt ein Wort.

Helder hatte die abgelegene Farm, die von Cambridge aus nur auf einer staubigen, ungepflasterten Landstraße zu erreichen war, günstig erwerben können. Nach dem Tod des früheren Besitzers, eines exzentrischen Landwirts, wollten die Erben das Grundstück, das ein Bauernhaus und hundert Morgen minderwertiges Ackerland umfaßte, möglichst schnell loswerden. Sie beauftragten einen Grundstückmakler, und zur größten Überraschung der Erben und des Maklers fand sich in kürzester Zeit ein Interessent, der das Gut auf Anhieb kaufte, und dem das Haus und die brachliegenden Felder unbegreiflicherweise sehr zu gefallen schienen. Helder kümmerte sich um die Felder überhaupt nicht, sondern ließ nur das Haus reparieren, frisch streichen und zum Teil neu möblieren. Der düstere Gesamteindruck, der durch die dicken Mauern und die vergitterten Fenster unterstrichen wurde, brachte es mit sich, daß man unwillkürlich an ein Gefängnis denken mußte. Auch innen wirkte das Haus nicht gerade einladend. Das Wohnzimmer reichte vom Fußboden bis zu den Dachsparren, und in halber Höhe zog sich ringsum eine Art Galerie. Im Obergeschoß gab es ein Zimmer, das Ähnlichkeit mit einem überdimensionalen Geldschrank hatte – eisenbetonierte und mit Stahlplatten verkleidete Wände machten es diebes- und feuersicher. Diesen Raum konnte man nur vom darunterliegenden Zimmer aus über eine steile Stiege erreichen. Der eigentliche Tresor, in dem der alte Besitzer sein Geld aufbewahrt hatte, weil er es Banken nicht anvertrauen wollte, war in die Mauer dieses Zimmers eingebaut. Und aus verständlichen Gründen fand der neue Besitzer all diese Dinge sehr nützlich.

Gegen zwei Uhr morgens verringerte Helder die Geschwindigkeit, brachte den Wagen fast ganz zum Stehen und bog dann vorsichtig in eine holprige Zufahrt ein. Bald danach hielt er vor dem düsteren Haus.

Ein Mann hatte den ankommenden Wagen gehört, öffnete die Tür und kam heraus. Er verschwand wieder, um den Schlüssel für den Schuppen zu holen, in dem Helder sein Auto einstellte.

Im großen Wohnzimmer brannte ein Feuer, obwohl es Juni war. Die beiden fröstelnden Männer standen schweigend vor dem Kamin, um sich zu wärmen. Der dritte beobachtete sie gespannt.

»Wir wollen uns erst ein wenig umtun, Clinker«, sagte Helder plötzlich.

Der Verwalter nickte mürrisch und verschwand.

Helder ging in sein Zimmer, zog sich rasch um und kam ins Wohnzimmer zurück, wo Tiger einen Whisky getrunken hatte. Sie sprachen leise miteinander. Der Verwalter, den sie wieder hereinriefen, sagte nur wenig und gab lakonische Antworten auf die Fragen, die ihm gestellt wurden. Er war ein kleiner Mann mit dichtem grauen Bart. Seine buschigen Augenbrauen verdeckten fast die Augen, die unablässig von einem zum andern spähten.

»Was macht er jetzt?« fragte Helder.

Der Verwalter klopfte sich mit dem Finger an die Stirn.

»Spielt verrückt«, sagte er nur.

»Wieso verrückt?« fragte Helder ungeduldig.

Der Bärtige zuckte die Schultern.

»Er zeichnet und trinkt. Wollen Sie ihn sehen?«

Helder nickte.

Clinker zog einen Schlüssel aus der Tasche und führte die beiden zuerst in das ebenerdige Zimmer und von dort die steile Stiege hinauf in den Raum, in dem sich der Geldschrank befand.

Das Zimmer wurde von einer starken Deckenlampe erleuchtet. Die Möblierung war spärlich – ein Tisch, ein Stuhl und ein Feldbett.

Am Tisch saß ein Mann in Hemdsärmeln. Er drehte sich halb um, als sie eintraten. Stahlinstrumente lagen herum, und auf dem Brett vor ihm war eine halbfertig gravierte Platte befestigt.

»Nun, Maple, wie geht's?« begrüßte ihn Helder.

Tom Maple lächelte schwach und erhob sich.

»Wollen Sie mich jetzt endlich freilassen?« fragte er mit brüchiger Stimme. »Ich habe alles getan, was Sie von mir verlangten – die Sache ist mir in höchstem Grade zuwider!«

Helder klopfte ihm auf den Rücken.

»Ich werde Sie zu gegebener Zeit ziehen lassen. Sie sind selbst schuld, daß Sie hier sind.«

Man konnte auf den ersten Blick sehen, daß Maple krank war. Seine Hände zitterten, und ab und zu lief ein nervöses Zucken über sein Gesicht. Nur bei der Arbeit überkam ihn noch immer ein merkwürdiger Zustand der Ruhe und Sicherheit.

Helder zeigte auf die angefangene Platte auf dem Tisch.

»Sie brauchen das nicht fertigzumachen – wir werden die Produktion von französischen und amerikanischen Banknoten ganz einstellen. So langsam wird die Geschichte zu riskant. Einen großen Coup müssen wir allerdings noch lancieren – dann ist ein für allemal Schluß. Maple, hören Sie gut zu: Als letztes müssen Sie uns jetzt Platten für englische Banknoten gravieren – sozusagen als Krönung Ihrer Arbeit und Ihres Lebens!«

Maple steckte die Hände in die Taschen und lehnte sich in seinem Stuhl zurück. Sein Gesicht nahm einen entschlossenen Ausdruck an, er schüttelte den Kopf, ein verkniffener, bösartiger Zug lag um seinen Mund.

Helder sah ihn betroffen an.

»Maple, was haben Sie denn? Wollen Sie etwa wieder anfangen, uns Schwierigkeiten zu machen? Ich dachte, das wäre vorbei. Natürlich sind Sie wütend, weil wir Sie hierhergebracht haben und gefangenhalten – aber ich versichere Ihnen, daß es nur zu Ihrem Besten geschah! Übrigens – Sie tun ja schließlich nichts, was Sie nicht früher schon taten.« Er zündete sich eine Zigarre an und schaute vor sich hin. »Sie waren der geschickteste Graveur der österreichischen Staatsdruckerei. Ich hörte vor sechs Jahren davon. Sie waren so begabt, daß Sie jedes noch so verwickelte Ornament aus dem Gedächtnis aufzeichnen konnten. Ihr erster illegaler Versuch war eine Hundertschillingnote ...« Helder achtete nicht weiter darauf, als Tom Maple zusammenzuckte. »Daraufhin wurden Sie hinausgeworfen, und Sie konnten von Glück sagen, daß man Ihnen nicht den Prozeß machte, weil man einen Skandal vermeiden wollte. In Frankreich, wohin Sie auswanderten, bekamen Sie als begehrter Fachmann ebenfalls einen guten Job. Aber jemand erkannte Sie, und Sie mußten auch dort wieder gehen. – Wo haben Sie eigentlich Gold kennengelernt? Na ja, es ist ja egal ...«

Helder lachte höhnisch. Maple warf einen verkniffenen Blick auf ihn.

»Lachen Sie nicht!« sagte er mit unsicherer Stimme. »Sie sprechen von einer Zeit, die längst vergangen ist – heute ist alles anders!« Er warf den Kopf zurück. »Ich war ein Trinker – bin es heute noch ... Darauf haben Sie gebaut! Ich kenne Sie. Und ich kenne auch mich.«

Sein Kopf sank auf die Brust, und er starrte teilnahmslos vor sich hin.

Helder und Tiger Brown wechselten einen schnellen Blick und sahen dann fragend Clinker an, aber der schüttelte den Kopf.

»Los, Maple, kommen Sie!« sagte Helder freundlich. »Wir wollen zusammen einen trinken und dabei die ganze Angelegenheit besprechen.«

Maple erhob sich und stützte sich mit den Händen auf die Tischplatte. Helder beobachtete erstaunt, wie sich seine Haltung plötzlich veränderte, wie entschlossen und ruhig er auf einmal aussah.

»Ich werde nichts trinken!« sagte er bestimmt. »Das ist ein fester Entschluß – ich will nüchtern bleiben, ein für allemal. Daß ich tief gesunken bin, weiß ich – aber jetzt will ich wieder hinauf!«

Helder schoß das Blut in den Kopf.

»Reden Sie keinen Unsinn, Maple! Für Sie gibt es keine Reue und kein Zurück mehr – weder für Sie noch für mich. In dieser Sache hängen Sie genauso drin wie wir, und Sie müssen jetzt so lange bei uns aushalten, bis wir unser Schäfchen im Trockenen haben.«

Maple schüttelte den Kopf.

»Jetzt hören Sie zu!« Helder trat dicht vor ihn hin. »Glauben Sie vielleicht, ich würde Sie laufenlassen, damit Sie zur Polizei rennen und mich anzeigen? Meinen Sie, ich hätte Lust, meine Freiheit und meine Stellung in der Gesellschaft aufzugeben und lebenslänglich im Gefängnis zu sitzen? Nein, mein Lieber, wenn ich je Pech haben sollte, dann mache ich Schluß – dafür habe ich vorgesorgt. Aber eines will ich Ihnen sagen – und schreiben Sie sich das hinter die Ohren –, wenn ich schon bereit bin, mich selbst umzubringen, dann soll es mir auch auf einen Mord nicht ankommen, wenn es darum geht, zwischen Gelingen oder Verderben zu wählen. Kapiert?«

Maple sah ihn gleichgültig an und schüttelte den Kopf.

»Sie haben mich anscheinend nicht verstanden!« rief Helder wütend. »Ich wiederhole noch einmal, daß ich keine Rücksichten kenne, wenn Sie sich nicht fügen. Sie müssen diese englischen Noten in Angriff nehmen – und zwar sofort! Zur Zeit befaßt sich die Polizei mit den amerikanischen Scheinen, und bald wird sie auch hinter den französischen her sein.«

Maple zeigte plötzlich Interesse an der Unterhaltung.

»Sind die französischen Scheine schon auf den Markt gekommen?« fragte er erregt.

Helder nickte.

»Die erste Lieferung ist hinausgegangen. Wollen wir uns nicht lieber wieder vertragen, Maple?« Er zwang sich zu einem freundlichen Lächeln. »Werden Sie tun, was ich Ihnen gesagt habe?«

Maple zuckte schwach die Schultern.

»Vielleicht«, antwortete er. »Es wird mir nichts anderes übrigbleiben. Ich habe eine gewisse Verantwortung – meine Nichte ist nicht versorgt.«

Helder unterdrückte ein Lächeln.

»Machen Sie sich um Ihre Nichte keine Sorgen – es geht ihr gut.«

Clinker hob plötzlich warnend die Hand. Alle lauschten angestrengt.

»Es kommt jemand den Weg herauf – ich will gleich mal nachschauen, wer es ist.«

Mit diesen Worten ging Clinker hinaus, verschloß vorsichtshalber die Tür und stieg hinunter. Kurz darauf hörten die andern, wie die Haustür geöffnet und nach einer Weile wieder geschlossen wurde.

Dann kam Clinker nach oben und brachte ein Telegramm.

»Es war nur der Postbote«, sagte er. »Für Sie . . .«

Brown nahm den Umschlag, riß ihn auf und las.

»Was gibt's?« fragte Helder.

»Schriener ist in Paris verhaftet worden, als er versuchte, Tausendfrancnoten zu wechseln.«

Die beiden sahen einander an. Browns Gesicht zuckte nervös, und Helder war blaß geworden. Clinker blieb auch jetzt völlig gleichgültig.

Maple jedoch hatte bei Browns Mitteilung den Kopf gehoben.

»Eine Tausendfrancnote, sagten Sie? War das eine, die von meinen Platten gedruckt wurde?« fragte er lauernd.

Helder nickte.

»Hm –«, machte Maple, um dann wieder in seinen alten Zustand der Lethargie zurückzufallen.

Helder und Brown fuhren in der Abenddämmerung nach London zurück. Beide schwiegen. Erst in der Nähe von Waltham Cross begann Brown plötzlich:

»Finden Sie nicht, daß sich Maple ziemlich merkwürdig benommen hat?«

Helder saß auch jetzt am Steuer und starrte vor sich hin auf die Straße.

»Er glaubt, daß es mit uns zu Ende geht«, sagte er nach einer Pause.

Tiger Brown wartete, aber da Helder hartnäckig schwieg, fragte er weiter:

»Ihre Drohungen Maple gegenüber waren wohl nicht so ernst gemeint?«

»Ich wollte ihn durchaus nicht bluffen!« antwortete Helder entschieden. »Es würde mir nichts ausmachen, ihn und auch jeden andern, der sich mir in den Weg stellt, umzulegen.«

Weiter wurde kein Wort mehr gesprochen. Helder setzte seinen Begleiter in der City ab, fuhr den Wagen in die Garage und ging von dort zur Curzon Street.

Er spürte, daß das Netz um ihn enger gezogen wurde. Der Russe saß bereits im Gefängnis, Schriener befand sich in den Händen der französischen Polizei, und Maple wollte auch nicht mehr mitmachen. Besonders in Maple hatte er sich schwer getäuscht – er hatte doch zu sehr auf seine Trunksucht gebaut.

Helder ging in sein Arbeitszimmer, wo ein kleiner Stapel Post auf ihn wartete. Es waren einige Einladungen darunter – gerade in letzter Zeit hatte er so richtig in der vornehmen Gesellschaft Londons Fuß gefaßt. Schnell sah er die Briefe durch, stutzte aber unwillkürlich, als er ein Schreiben vom ›Post Journal‹ in Händen hielt. Der Chefredakteur teilte ihm mit:

›Würden Sie die Liebenswürdigkeit haben, uns möglichst umgehend aufzusuchen? In der Comstock Bell-Sache ist eine neue Situation eingetreten, und da Sie uns früher schon wertvolle Informationen gegeben haben, nehmen wir an, daß Sie uns auch jetzt weiterhelfen können. Wir haben nämlich allen Grund zu der Vermutung, daß Mrs. Verity Bell tot ist.‹

25

Ein Taxi brachte Helder zum ›Post Journal‹. Der Chefredakteur war nicht da, dafür aber konnte er mit Jackson sprechen. Der Reporter begrüßte ihn erfreut und führte ihn ins Konferenzzimmer.

»Was gibt's Neues?« erkundigte sich Helder, nachdem er Platz genommen hatte.

»Wenn das so einfach wäre . . .« Jackson ging, die Hände in den Hosentaschen vergraben, im Zimmer hin und her. »Nun, Sie wissen ja, unter was für merkwürdigen Umständen wir damals Mrs. Bell im Haus am Cadogan Square gesehen haben, als sie doch eigentlich bereits auf dem Kontinent hätte sein sollen. Seither hat das ›Post Journal‹ alles darangesetzt, den Aufenthaltsort des Paares festzustellen. Obschon wir einen Brief erhielten, der in Luzern aufgegeben worden war, wissen wir ganz genau, daß sich die beiden damals nicht dort aufhielten. Später bekamen wir einen weiteren Brief aus Wien . . .«

»Wie sah er aus?« unterbrach Helder.

»Genau wie der andere – mit der Maschine geschrieben und gestempelter Unterschrift. Unser Korrespondent in Wien brachte auch in diesem Fall bald heraus, daß Comstock Bell und seine Frau zu der angegebenen Zeit nicht in Wien gewesen waren. Wir haben dann das Menschenmögliche getan, um Licht in diese dunkle Sache zu bringen. Ohne Erfolg. Bis – ja, bis vorgestern abend . . .«

»Was ist passiert?«

»Einer unserer Reporter hatte den Auftrag, die Schiffe zu beobachten, die nach Boulogne abgehen. Nachdem der Dampfer, der abends dorthin zurückfährt, den Hafen verlassen hatte, machte er sich auf den Weg in ein Lokal, um nach dem Herumstehen wieder auf andere Gedanken zu kommen. Als er den Kai entlangschlenderte, überholte er eine Dame. Zufällig drehte er sich in dem Augenblick nach ihr um, als sie an einer Straßenlaterne vorbeiging, und erkannte Mrs. Bell, ausgerechnet die Frau, die er finden sollte.

Er blieb stehen, aber im gleichen Augenblick bog sie nach links auf die Landungsbrücke ab. Er unterließ es, ihr nachzugehen, und begnügte sich damit, vor der Landungsbrücke zu warten. Es lag kein Schiff mehr da, also mußte sie ja schließlich wieder zurückkommen. Es war ziemlich neblig an diesem Abend, und nach zehn Minuten wurde er unruhig und schritt vorsichtig den Steg ab – doch Mrs. Bell war verschwunden, kein Mensch war auf der Landungsbrücke zu sehen.«

»Und dann?«

»Heute morgen«, fuhr Jackson fort, »erhielten wir einen Brief aus Boulogne – vor drei Tagen aufgegeben und unterschrieben von Comstock Bell und seiner Frau. In dem Schreiben protestieren sie dagegen, daß sich das ›Post Journal‹ immer noch mit ihren Privatangelegenheiten beschäftigt. Hier ist der Brief.«

Er reichte ihn Helder, der sich aber nicht die Mühe machte, ihn genauer anzusehen.

»Ich glaube, ich verstehe die Sache jetzt«, sagte er. »Nun, Bell selbst hat Ihr Reporter wohl nicht gesehen?«

»Nein. Wir müssen fast annehmen, daß die Dame ertrunken ist«, erwiderte Jackson. »Es war eine ziemlich stürmische Nacht. Unser Reporter ließ die Landungsbrücke nicht aus den Augen, und sie konnte auf keinem andern Weg zurückkommen.«

Helder erhob sich.

»Würden Sie mir einen Gefallen tun?« fragte er.

»Wenn es möglich ist – gern.«

»Vor einigen Wochen«, begann Helder, »wurde ein Russe verhaftet, der sich verdächtig gemacht hatte ...«

»Ja, ich erinnere mich an den Fall«, bestätigte Jackson. »Soviel ich weiß, wurde er zu drei Monaten Gefängnis verurteilt und soll ausgewiesen werden.«

»Ganz richtig«, fuhr Helder fort. »Und dieser Mann könnte vielleicht zur Aufklärung der Angelegenheit beitragen. Ich muß ihn unbedingt sprechen. Glauben Sie, daß es Ihnen möglich ist, mir bei den Behörden eine Besuchserlaubnis zu verschaffen?«

Jackson kniff die Lippen zusammen.

»Ich zweifle daran, werde es aber immerhin versuchen. Sobald der Chefredakteur kommt, wollen wir beraten, was sich tun läßt.«

Helder verabschiedete sich und kehrte in seine Wohnung in der Curzon Street zurück. Gold war nicht in London, wie er durch einen Telefonanruf feststellte.

»Um so besser«, sagte Helder zu sich selbst. »Wenn man mich in Ruhe läßt, könnte noch alles gut werden.«

Er ging in sein Schlafzimmer, um sich einige Stunden auszuruhen.

Um fünf Uhr nachmittags wurde er von seinem Diener geweckt, der ein Telegramm brachte. Es kam von der Redaktion und lautete:

›Unterredung mit Russen genehmigt. Der Mann sitzt im Chelmsford-Gefängnis. Kommen Sie wegen des Erlaubnisscheins in unser Büro.‹

Jackson war bei Helders Ankunft nicht mehr da. Dafür empfing ihn der Stellvertreter des Chefredakteurs und überreichte ihm die für den Besuch des Gefangenen notwendigen Papiere.

»Es würde mich wirklich interessieren, weshalb Sie den Mann aufsuchen wollen«, erkundigte sich der Redakteur noch. »Bringen Sie Comstock Bell etwa mit diesen Banknotenfälschungen in Verbindung?«

Helder nickte vielsagend.

»Genau das tue ich.«

Er erzählte kurz die Geschichte vom ›Klub der Verbrecher‹, und in welcher Beziehung Comstock Bell zu den Leuten gestanden hatte.

»Hm«, machte der Redakteur, als Helder zu Ende war. »Ich habe auch schon so etwas gehört, aber das alles sind doch recht vage Vermutungen. Sie behaupten also, daß Willetts von Bell angezeigt wurde?«

»Das behaupte ich nicht, das weiß ich ganz bestimmt«, sagte

Helder. »Bell hat Willetts angezeigt, um sich besser aus der Affäre ziehen zu können.

»Und wie erklären Sie sich sein plötzliches Verschwinden?«

Helder zögerte. Er war sich noch nicht ganz klar darüber, wie er Bell im einzelnen anschwärzen und beschuldigen konnte.

»Ich kann im Augenblick nichts Genaues sagen. Meiner Ansicht nach hat er dieses Mädchen nur geheiratet, um gleich nach der Hochzeit zu zweit untertauchen zu können und eben dadurch die Aufmerksamkeit in eine andere Richtung zu lenken. Ich glaube, daß er zur Zeit einen letzten, verzweifelten Versuch macht ...«

»Entschuldigen Sie«, rief der Redakteur, »wenn ich Sie hier unterbreche! Sie wissen doch ganz genau, daß Comstock Bell ein außerordentlich reicher Mann ist. Durch die Erbschaft hat sich sein Vermögen jetzt noch beträchtlich vermehrt.«

Helder sah ihn erstaunt an.

»Ja, natürlich – letzte Woche starb doch seine Mutter. Haben Sie die Notiz in den Zeitungen nicht gelesen? Sie setzte ihn zum alleinigen Erben ein. Er muß jetzt mehrfacher Millionär sein – und in einem solchen Fall wären Banknotenfälschungen eine ziemlich abwegige Nebenbeschäftigung. Es fehlt ja jedes Motiv!«

»Nun, auf den ersten Blick fehlt auch jedes Motiv für diese ungewöhnliche Heirat«, erwiderte Helder schnell.

»Für Heiraten finden sich immer Gründe«, sagte der Redakteur kurz angebunden. »Wirklich, Mr. Helder, es gibt keinen einzigen vernünftigen Grund, warum sich Comstock Bell mit Banknotenfälschungen hätte beschäftigen sollen.« Er lächelte und gab Helder die Hand. »Aber trotzdem – vielleicht kann Ihnen Ihr Russe etwas Neues erzählen. Berichten Sie uns darüber – und auf Wiedersehen!«

Am nächsten Morgen fuhr Helder mit dem ersten Zug nach Chelmsford. Um neun Uhr wurde er in das düstere Gebäude eingelassen und ins Zimmer des Direktors geführt.

Colonel Speyer, ein älterer Mann mit grauem Bart, empfing ihn sehr liebenswürdig.

»Sie wollen mit dem Russen sprechen?« fragte er. »Ich hätte nichts dagegen, wenn wir ihn wieder los wären. Kein Mensch hier spricht russisch, und wir haben die größten Schwierigkeiten, uns mit ihm zu verständigen. Also gut, kommen Sie, ich bringe Sie zum Besuchszimmer. Übrigens – sprechen Sie eigentlich russisch?«

Helder nickte, und der Direktor sah ihn etwas argwöhnisch an.

»Dann müßte ich eigentlich jemanden mitschicken, der die Sprache auch versteht«, sagte er und sah sich den Erlaubnisschein des Ministeriums noch einmal an. »Na ja – ich hoffe, daß ich Ihnen trauen kann.«

Sie hatten inzwischen einen einfachen, fast leeren Raum erreicht, in dem ein langer Tisch aus Fichtenholz und einige Stühle standen. Nach einigen Minuten wurde der Russe hereingeführt. Er trug die übliche gestreifte Gefängnistracht und zwinkerte vergnügt mit den Augen, als er sich plötzlich seinem früheren Chef gegenübersah.

Der Sträfling saß am einen Ende des Tisches, und Helder bot man einen Stuhl am anderen Ende an. Zwischen ihnen, an jeder Längsseite, saßen zwei Gefängniswärter, die sich offensichtlich bei der ihnen unverständlichen Unterhaltung langweilten; Helder beobachtete, wie der eine eifrig las, während der andere etwas in sein Notizbuch kritzelte.

Das Gespräch mit dem Russen dauerte nicht lange. Helder gab ihm nachdrücklich zu verstehen, daß er unter allen Umständen schweigen müsse, und versprach ihm eine hohe Summe bei seiner Entlassung, wenn er den Mund halte. Der Russe war damit völlig einverstanden. Er hätte auch ohne dieses Gespräch nichts gesagt, und als sich Helder von ihm verabschiedete, war er wenigstens in dieser Hinsicht völlig beruhigt.

Der Direktor wartete draußen auf dem Gang auf ihn und fragte ihn, ob er das Gefängnis besichtigen wolle.

»Sehr gern – für Gefängnisse habe ich mich immer schon interessiert!«

Er folgte dem Direktor bis zur großen Halle, wo sich die Zellen in Stockwerken bis zum Glasdach hinauf erstreckten. Die vergitterten Galerien gaben dem Ganzen das Aussehen eines Bienenkorbs.

Der Direktor zeigte ihm auch das Innere einer Zelle. Helder äußerte den Wunsch, für zwei Minuten darin eingeschlossen zu werden – er wollte unbedingt einmal erleben, wie man sich allein da drinnen fühlte. Aber er sah ein wenig bleich aus und war sichtlich erleichtert, als die Tür wieder geöffnet wurde.

»Die Häftlinge müssen natürlich auch genügend Bewegung haben«, bemerkte der Direktor und führte ihn auf den mit hohen Mauern umgebenen Hof.

Eine Gruppe von Gefangenen machte gerade ihren täglichen Rundgang. Innerhalb dreier mit weißer Farbe markierter Kreise gingen sie immer rundherum. Helder beobachtete sie interessiert. Es waren alte und junge Leute – einige sahen ihn neugierig an, andere wandten ihre Gesichter ärgerlich ab. Ein Gefangener, schlanker und größer als die anderen, fiel Helder besonders auf – etwas an seinem Gang kam ihm bekannt vor, und er mußte einen Aufschrei unterdrücken, als er sein Gesicht sah.

Es war Comstock Bell.

»Was haben Sie?« fragte der Direktor erstaunt.

»Wer ist das – dieser Mann dort?«

»Ein gewisser Willetts – er hat Banknoten gefälscht.«

Helder kehrte nach London zurück. In seinem Kopf wirbelten die Gedanken durcheinander. Jetzt wurde ihm manches klar. Waren Bell und Willetts ein und dieselbe Person? Möglicherweise lebte Willetts gar nicht mehr, Bell hatte aus irgendeinem Grund seinen Namen angenommen und führte ein Doppelleben. Unter dem falschen Namen hatte er sich festnehmen lassen und hoffte nun, daß niemand hinter sein Geheimnis kommen würde.

Willetts war zu zwölf Monaten Gefängnis verurteilt worden, mußte aber vermutlich nur einen Teil davon absitzen. Es war Helder jetzt klar, daß Comstock Bell die größte Gefahr für ihn bedeutete.

Er rief Tiger Brown telegrafisch in die Curzon Street und erklärte ihm kurz die Situation.

»Jetzt wissen wir also, warum Comstock Bell heiratete und ständig mit einer verbundenen Hand herumlief. So hatte er einen Vorwand, seine Briefe nur noch mit der Maschine zu schreiben! Und während seiner Abwesenheit konnte ein Beauftragter ohne weiteres die Korrespondenz für ihn führen. Natürlich mußte er jemanden finden, dem er unter allen Umständen vertrauen konnte, deshalb heiratete er Verity Maple. Sie hat denn auch alle Briefe aus den verschiedenen Orten geschrieben. Überallhin reiste sie, verbrachte ein paar Stunden in einem Hotel und nahm die Briefbogen mit den Aufdrucken an sich ...«

»Mir erscheint das alles ziemlich verworren«, erklärte Tiger Brown. »Warum sollte Bell freiwillig ins Gefängnis gehen? Das ist die verrückteste Idee, die ich je gehört habe.«

Helder antwortete nicht gleich. Er kannte die Qualen eines schlechten Gewissens und die Furcht vor der Entdeckung gut genug. Und er ahnte auch, daß der Gedanke an seine Mutter, die sehr stolz auf ihren Sohn war, Bell bewogen haben mochte, sich selbst der Polizei zu stellen.

»Mir erscheint die Idee gar nicht so verrückt«, sagte er nach einer Weile. »Auf jeden Fall müssen wir unseren Vorteil aus der Sache ziehen. Wir haben zwei gute Waffen in der Hand.«

»Wie meinen Sie das?« fragte Tiger.

»Einmal kennen wir jetzt Bells Geheimnis und können es gegen ihn verwenden, und zweitens ist der alte Tom Maple in unserer Hand. Es hängt also nur von uns ab, den Vorsprung, den uns der Zufall verschafft hat, richtig zu nutzen.«

Im Augenblick konnte ihnen nur Gold gefährlich werden. Doch Helder unterschätzte die Fähigkeiten dieses Mannes gewaltig. Deshalb war er auch ganz unbesorgt, als er zwei Tage später ein höfliches Schreiben erhielt, worin Gold ihn zu sich ins Savoy-Hotel bat.

26

Gold war kurz zuvor von Paris nach London zurückgekehrt. Er hatte seine Koffer noch nicht ausgepackt, als Helder gemeldet wurde. Er ging ihm entgegen und führte ihn in sein Zimmer.

»Nehmen Sie Platz, Helder!« sagte er, blieb selbst aber während der ganzen Unterhaltung stehen. »Ich habe Sie gebeten, mich zu besuchen«, begann er nach einer etwas unbehaglichen Pause, »weil ich mich einmal ganz offen mit Ihnen unterhalten möchte.«

»Wenn jemand sagt, daß er ganz offen sein will«, erwiderte Helder, »so heißt das gewöhnlich, daß er vorhat, beleidigend zu werden.«

Gold schaute ihn an.

»Sie haben gar nicht so unrecht – es könnte durchaus sein, daß ich Ihnen gegenüber aus der Rolle falle. Aber vorerst möchte ich Sie bitten, sich ruhig anzuhören, was ich Ihnen zu sagen habe.« Er ging ein paarmal im Zimmer auf und ab. »Seit zwölf Monaten bin ich hinter einer Bande her, die falsche Banknoten herstellt und in Umlauf bringt ...«

»Nichts Neues!« unterbrach Helder. »Sie hatten sogar die Freundlichkeit, mich selbst in Verbindung mit dieser Fälscherbande zu bringen.«

»Ganz richtig – und ich bleibe bei meiner Behauptung, heute mehr denn je. Ich weiß jetzt sogar, daß Sie sich der Mitarbeit Maples bedienten.«

Gold hatte ins Schwarze getroffen. Helder zuckte zusammen, versuchte aber trotzdem, möglichst unbefangen zu reagieren.

»Sie machen mir Spaß!«

»Maple hat die Platten für die französischen Banknoten bearbeitet«, fuhr Gold unbeirrt fort, »und das kann ich sogar beweisen! Was glauben Sie eigentlich, warum ich Sie hierherbestellt habe? Allein nur, um Ihnen klipp und klar zu sagen, daß Sie damit rechnen können, Ihre Tage im Kittchen zu beschließen.«

Helder lachte.

»Auf diese Weise können Sie mit mir nicht reden, mein Lieber!« antwortete er höhnisch. »Ich kann es mir leisten, über Ihre geradezu ungeheuerliche Anklage hinwegzugehen. Glauben Sie im Ernst, ich ließe mich von Ihnen bluffen? Im Ernst – Sie wissen ebensogut wie ich, daß alles, was Sie mir in die Schuhe schieben wollen, Ihr feiner Freund Comstock Bell getan hat, den Sie natürlich decken wollen!« Er sprach so laut, daß die beiden nicht hörten, als leise an die Tür geklopft wurde. »Sie wissen ganz genau – Comstock Bell ist der Gauner, der die Fälscherbande finanziert hat!« schrie Helder noch einmal.

»Ich würde eher behaupten, daß Mr. Helder ein ganz gemeiner Lügner ist«, sagte plötzlich eine liebenswürdige Stimme.

Beide drehten sich um. In der Tür stand eine elegante Dame. Helders Gesicht wurde dunkelrot.

»Gestatten Sie, daß ich Platz nehme?« fragte sie freundlich. »Es tut mir leid, daß ich Ihre interessante Unterhaltung unterbrochen habe.«

Helder lachte häßlich.

»Oh, ich kann es durchaus verstehen, Mrs. Collak, daß Sie sich auf die Seite Mr. Bells schlagen. Ich nehme an, daß er sich Ihnen gegenüber sehr großzügig gezeigt hat, wie?«

Der beleidigende Unterton war nicht zu überhören.

Mrs. Granger Collak holte ein goldenes Etui aus ihrer Handtasche, öffnete es, zündete sich eine Zigarette an, lehnte sich ein wenig zurück und sah Helder mit halbgeschlossenen Augen an.

»Ich habe Mr. Comstock Bell als einen vornehmen, ehrenhaften Charakter kennengelernt.«

»Nun, auf dem Gebiet der Ehre«, gab Helder bösartig zurück, »sind Sie ja eine unbestrittene Autorität, Mrs. Collak!«

»Allerdings. Und deshalb bin ich mir im klaren darüber, daß dieser Begriff für Sie überhaupt nicht existiert. Doch zur Sache – ich bin hierhergekommen, um Mr. Gold etwas zu bringen ...« Sie entnahm ihrer Handtasche einen Zeitungsausschnitt und reichte ihn Gold. »Haben Sie dies in die Zeitung gesetzt?« fragte sie.

Gold nickte verwundert.

»Ein Zufall, daß ich es gesehen habe – es stand in einer italienischen Zeitung. Ich muß schon sagen, eine seltsame Annonce – aber am allermerkwürdigsten wird die Geschichte, wenn man tatsächlich eine solche Tausendfrancnote mit sich herumträgt . . .«

Helder blickte mißtrauisch von einem zum andern. Was für eine Bewandtnis hatte es mit diesem Inserat? Auch Gold war es unbehaglich zumute, wenn auch aus einem ganz anderen Grund.

»Kann ich den Zeitungsausschnitt einmal sehen?« fragte Helder schnell.

Gold streckte ihm widerwillig das Blatt hin. Das Inserat war in italienischer, englischer und französischer Sprache abgefaßt. Alle Personen, die in den Besitz von Tausendfrancscheinen mit den Nummern 687642 bis 687653 gelangten, wurden ersucht, sich mit der französischen Polizei oder über das amerikanische Konsulat in London mit Wentworth Gold in Verbindung zu setzen.

Helder las mit steigender Bestürzung. Wenn er auch die Zusammenhänge noch nicht durchschaute, war ihm doch klar, daß diese Annonce nichts Gutes bedeuten konnte.

Inzwischen hatte Mrs. Granger Collak eine zusammengefaltete Banknote aus ihrer Tasche gezogen.

»Wie ich Ihnen bereits sagte, ist mir zufällig eine der Nummern in die Hände gekommen – hier!«

Gold nahm den Schein, hielt ihn gegen das Licht, drehte ihn hin und her und untersuchte besonders gründlich die Rückseite.

»Es tut mir leid, Mrs. Collak, aber ich muß Ihnen mitteilen, daß diese Banknote gefälscht ist. Ich muß sie leider behalten, werde Ihnen aber selbstverständlich den Gegenwert ersetzen.«

Er gab sich Mühe, ruhig zu sprechen, aber man hörte seiner Stimme dennoch an, wie erregt er war.

Helder, der ihn genau beobachtete, erschrak. Natürlich war dies eine der gefälschten Banknoten, die er in Umlauf gebracht hatte – unklar war nur, wodurch sich gerade dieser Schein von den anderen unterscheiden sollte. Was überhaupt war mit den im Inserat aufgeführten zwölf Nummern los? Zweitausend solcher Banknoten waren gedruckt worden! Auf alle Fälle war Gefahr im Verzug, und er mußte der Sache sofort nachgehen. Hastig stand er auf und ging zur Tür.

»Wir unterhalten uns später, Mr. Gold!« rief er, sich umdrehend.

Gold nickte und sah ihn dabei mit einem so triumphierenden Blick an, daß Helder noch unruhiger wurde.

Als Gold mit Mrs. Granger Collak allein war, verlor er keine Zeit. Er erklärte ihr kurz, worum es ging. Daß Comstock Bell verschwunden war, hatte sie natürlich in den Zeitungen gelesen, aber sie hatte nicht gewußt, daß man ihn mit Fälschungen in Verbindung bringen wollte.

Gold besaß genug Menschenkenntnis, um zu wissen, daß er dieser Frau, die zudem Bell viel verdankte, unbedingt vertrauen durfte.

Er ließ sich vom Zimmerkellner ein kleines Rechaud und ein Kännchen Milch bringen. Dann nahm er ein Vergrößerungsglas und zeigte Mrs. Collak die feinen Schriftzüge auf der Rückseite der Banknote.

»Milch anwenden?« fragte sie verblüfft. »Was hat denn Milch damit zu tun?«

»Das werden wir gleich sehen.«

Gold nahm die Banknote, legte sie auf einen Teller und goß die Milch darüber. Nach einigen Minuten zog er sie wieder heraus, ließ sie abtropfen und hielt sie dann zum Trocknen vorsichtig über das Rechaud.

Schweigend beobachtete sie ihn, bis er aufstand und ihr den Geldschein auf der flachen Hand hinhielt.

»Nun«, fragte sie.

Auf der Rückseite waren wie durch Zauberei einige Schriftzeilen erschienen. Sie lasen sie gemeinsam, und Gold griff gleich darauf nach dem Telefonhörer.

»Jetzt ist die Sache klar«, sagte er, als sie vor dem Hoteleingang auf den Wagen warteten, der die Beamten von Scotland Yard bringen sollte. »Übrigens ist diese Art von Geheimschrift eine längst bekannte, primitive Angelegenheit – Sie nehmen eine neue Schreibfeder, feuchten sie mit Speichel an und schreiben damit auf ein Stück Papier. Die Schrift bleibt unsichtbar, bis man das Papier in Milch legt und dann vor dem Feuer trocknen läßt. Ist das nicht ein feiner Trick?«

27

»Tiger, strengen Sie Ihr Gedächtnis an!« sagte Helder. Er hatte seinen Komplicen im Hyde Park getroffen, und sie schlenderten zusammen Richtung Kensington Gardens. Ein leichter Regen fiel, nur wenige Spaziergänger begegneten ihnen. »Nun berichten Sie mir einmal genau, unter was für Umständen die französischen Banknoten gedruckt wurden.«

»Was soll damit los sein?« brummte Tiger. »Da war überhaupt nichts Besonderes.«

»Hat außer Ihnen jemand die Banknoten in der Hand gehabt?«

Tiger verneinte.

»Ich habe sie aus der Maschine genommen und fortgeschickt.«

»Hat sie wirklich niemand anders in die Finger bekommen?« bohrte Helder hartnäckig weiter.

Tiger Brown zögerte.

»Einige habe ich allerdings Maple gezeigt. Erinnern Sie sich noch, er bat darum, ein paar Scheine aus der Produktion nachprüfen zu dürfen?«

»Ich weiß«, erwiderte Helder nachdenklich. »War er allein, als er sie untersuchte?«

»Ja, zugeschaut hat ihm niemand dabei.«

»Und später gab er die Noten wieder zurück?«

»Ich habe sie selbst bei ihm geholt und mit der ersten Auslieferung weggeschickt. Gerade bei den Scheinen, die Maple selbst kontrolliert hatte, konnte ich mich absolut darauf verlassen, daß sie einwandfrei waren.«

»Wieviel Banknoten haben Sie Maple gegeben?«

»Zwölf Stück.«

Helder fluchte vor sich hin.

»Genausoviel wie in der Zeitungsannonce! Wenn Maple uns da einen Streich gespielt hat, dann gnade ihm Gott!«

Doch was hätte Maple mit den Banknoten anstellen können? Er dachte lange und angestrengt nach, ohne zu einem Ergebnis zu kommen. Sicher war nur, daß Gold einen bestimmten Grund gehabt haben mußte, sich über die Note, die ihm Mrs. Collak gebracht hatte, so zu freuen.

Helder nahm ein Taxi und fuhr mit Tiger Brown zu seiner Wohnung. Während Tiger einen Whisky trank, setzte sich Helder an den Schreibtisch und setzte in größter Eile ein paar verschlüsselte Telegramme auf. Als er fertig war, übergab er die Formulare Brown.

»Bringen Sie die Telegramme sofort zur Post und erwarten Sie mich in ungefähr einer Stunde am Haupteingang zum Finsbury Park.«

Zur verabredeten Zeit hielt ein schwerer Wagen am Parkeingang, und Brown stieg ein. Als die beiden die Farm erreichten und an die Tür klopften, dauerte es ziemlich lange, bis der Riegel zurückgeschoben wurde. Clinker erklärte die Verzögerung.

»Maple geht es sehr schlecht«, brummte er.

»Mag sein, daß es ihm bald noch viel schlechter geht!« gab Helder gereizt zurück.

Alle zusammen gingen hinauf in das Zimmer, wo Maple halb angezogen auf dem Bett lag. Sein Gesicht war kreidebleich und verzerrt, die Augen eingesunken und die Lippen blau angelaufen. Mit teilnahmslosem Blick sah er Helder an, ohne ein Wort zu sagen.

»Seit wann liegt er schon so da?« fragte Helder, dem klar wurde, daß Maple nicht mehr lange zu leben hatte.

»Seit gestern abend. Sein Zustand muß damit zusammenhängen, daß er tatsächlich zu saufen aufgehört hat – eine Entziehungserscheinung!«

Helder setzte sich auf einen Hocker neben dem Bett.

»Maple – «, sagte er grob, »erinnern Sie sich noch an die französischen Banknoten, die Sie prüften, bevor sie weggeschickt wurden? Was haben Sie damit gemacht?«

Maple bewegte seine Hand – eine Geste, die vielleicht besagen sollte, daß diese Dinge für ihn kein Interesse mehr hatten.

»Was haben Sie damit gemacht?« wiederholte Helder. »Ich muß es wissen, verstanden!« Er beugte sich über das Bett und schüttelte den Schwerkranken, doch hielt Maple auch jetzt die Lippen fest zusammengepreßt. »Ich werde...« begann Helder, rasend vor Wut, zu schreien.

In diesem Augenblick packte ihn Tiger Brown, der hinter ihm stand, am Arm.

»Still – ein Auto...« flüsterte er.

Sie lauschten und hörten deutlich Motorengeräusch.

»Schnell nach unten!« zischte Brown.

Sie liefen die Treppe hinab und schlichen sich an die Haustür. Draußen hielt ein Wagen, jemand stieg aus, rasche Schritte kamen näher, dann wurde energisch gegen die Tür geklopft. Sekundenlang herrschte Stille, bis sie eine klare Stimme hörten:

»Öffnen Sie – im Namen des Gesetzes!«

Brown wich zurück

»Die Polizei!« sagte er leise und schaute sich nach einem Fluchtweg um.

Helder behielt einen klaren Kopf. Sein Wagen stand im großen Geräteschuppen hinter dem Gebäude. Leise liefen sie in die Küche, von der aus der Schuppen durch die Hintertür zu erreichen war. Sie spähten durchs Fenster auf den Hof hinaus. Niemand war zu sehen. Geräuschlos öffneten sie die Tür und waren mit einigen Sätzen im Schuppen und im Auto.

Natürlich war sich Helder im klaren darüber, daß er die Polizei auf den Fersen haben würde, sobald er auf den Anlasser drückte – aber er mußte das Risiko auf sich nehmen, einen anderen Weg gab es nicht.

Zum Glück sprang der Motor sofort an, Helder gab Gas, raste über den holprigen Hof und gelangte auf den Fahrweg, am Polizeiauto vorbei, das dort abgestellt war.

Tiger Brown, der mit der Pistole in der Hand auf dem Rücksitz kauerte, sah noch, wie die Polizisten zu ihrem Wagen stürzten. Es würde ihnen nicht viel nützen, denn Helder hatte schon einen ganz beträchtlichen Vorsprung.

Helder verzog den Mund zu einem höhnischen Lächeln. Noch einmal hatte er Glück gehabt – wenn die Polizei jetzt auch alle Beweismittel gegen ihn in Händen hatte. Vor allem mußte er nun versuchen, die eigene Haut zu retten. Sein Plan dazu stand fest.

28

Gold rief die Polizisten zurück, die Helder verfolgen wollten. Er war sich durchaus bewußt, daß er das Gebäude hätte umstellen lassen sollen, doch ein sicheres Gefühl hatte ihm gesagt, daß er sich mit nichts aufhalten durfte, wenn er Tom Maple noch einmal sehen wollte.

»Wir werden ihn schon noch erwischen«, sagte er und wandte sich wieder dem Gebäude zu, dessen Tür inzwischen gewaltsam geöffnet worden war.

Hastig durchsuchten die Beamten die Räume und standen bald vor Tom Maples Bett. Der Kranke wälzte sich unruhig hin und her und murmelte unzusammenhängende Worte. Gold sah sich im Zimmer um und fand eine ganze Reihe von halbfertigen Platten, Druckstöcken und Geräten – Beweis genug dafür, was hier gespielt worden war.

Kurz vor der Abfahrt in London – Gold hatte sich gerade vor dem Savoy-Hotel von Mrs. Collak verabschiedet und ungeduldig auf den Wagen mit den Scotland Yard-Leuten gewartet – war er vom Portier ans Telefon gerufen worden. Ein Anruf von Verity

Bell, gänzlich unerwartet, das erste Lebenszeichen seit ihrem Verschwinden! Er hatte ihr kurz die Adresse von Maples Versteck mitgeteilt und sie gebeten, umgehend nachzukommen.

Gold sah auf seine Uhr. Soeben war der Arzt eingetroffen, den einer der Beamten verständigt hatte.

»Ich fürchte, er ist nicht transportfähig«, sagte der Doktor nach einer kurzen Untersuchung. »Das Herz ist sehr schwach – ich glaube nicht, daß er noch eine Chance hat.«

Gold hörte, daß ein Wagen vor der Haustür hielt.

»Ob das schon Mrs. Bell ist?« murmelte er vor sich hin und lief die Stiege hinunter.

Unten stand ein Mann, der ihm merkwürdig bekannt vorkam.

»Mr. Bell!« rief er überrascht.

Mit stummem Händedruck begrüßten sie sich herzlich.

Bells Gesicht sah blaß und eingefallen aus.

»Wo ist meine Frau?«

»Ich erwarte sie jeden Augenblick hier«, antwortete Gold.

Bell sah ihn erschrocken an.

»Das ist doch nicht möglich!« rief er. »Ich habe den Wagen meiner Frau auf der Straße gesehen, etwa vier Kilometer von hier entfernt. Eine Panne – der Chauffeur, der gerade aus dem Dorf zurückkam, wo er telefonisch Hilfe angefordert hatte, berichtete mir, Mrs. Bell sei wohl zu Fuß weitergegangen – jedenfalls habe er sie nicht mehr im Wagen vorgefunden.«

»Vielleicht ist sie aus irgendeinem Grund mit dem Zug nach London zurückgefahren? Wir müssen sofort nachforschen.«

»Wo ist Maple?«

»Er liegt oben in einem Zimmer«, sagte Gold.

»Ist er tot?«

»Nein, noch nicht – aber er wird nicht mehr lange leben.«

»Ich muß mit ihm sprechen, jetzt gleich«, drängte Bell. »Kommen Sie mit!«

Sie eilten zusammen die Treppe hinauf. Maple, dem der Arzt ein herzstärkendes Medikament gegeben hatte, war noch einmal zum

Bewußtsein gekommen. Er lächelte schwach, als er Gold sah, der zuerst das Zimmer betrat. Doch als er hinter ihm Comstock Bell erkannte, öffneten sich seine Augen weit, und seine Lippen zitterten vor Erregung.

»Comstock Bell?« flüsterte er kaum hörbar.

Bell nickte, ging langsam auf das Bett zu und setzte sich dicht neben den Sterbenden.

»Wo kommen Sie her?« fragte Maple mit schwacher Stimme.

»Ich – ich bin soeben aus dem Gefängnis entlassen worden.«

»Gefängnis?« wiederholte Maple.

Bell nickte. Eine Weile herrschte absolutes Schweigen in dem Raum. Gold stand wie gebannt, er fühlte, daß dies ein wichtiger Augenblick im Leben Comstock Bells war.

»Ja, ich komme aus dem Gefängnis«, begann Bell mit ernster Stimme. »Was gibt es dazu viel zu sagen? Die Vorgeschichte ist bekannt – vor Jahren wurde in Paris eine Banknotenfälschung verübt. Der Verdacht fiel auf zwei Studenten, die sich durch ihre Abreise dem Untersuchungsverfahren entzogen. Schuldig gemacht hatten sich beide. Eigentlich hätte es nur ein Scherz sein sollen. Der eine der beiden war auf den Gedanken verfallen, zum Spaß eine Banknote zu fälschen. Als aber sein Freund, ein geschickter Graphiker und Graveur, ernst machte, hatte er nicht mehr den Mut, dazuzustehen. Beide verschwanden also aus Frankreich, dem einen gelang es, unterzutauchen, dem anderen war keine Schuld nachzuweisen.«

Tom Maple starrte zur Decke und bewegte die Lippen, als ob er sprechen wollte.

»Vor einiger Zeit«, sprach Bell weiter, »habe ich mich der Polizei gestellt, weil ich wußte, daß Willetts wieder gesucht wurde. Warum ich es getan habe? Willetts hatte die Fälschung ausgeführt, er wurde gesucht, sicher, aber wenn ich ehrlich sein wollte, mußte ich mir eingestehen, daß mich selbst genausoviel Schuld traf. Kurz und gut, ich hatte schon seit einiger Zeit ein Doppelleben geführt, um Willetts zu decken. Nun hielt ich den Augenblick für gekommen, ihn – also mich selbst – anzuzeigen und damit diese Sache ein für allemal aus der Welt zu schaffen. Als Willetts wurde ich verurteilt und kam ins Gefängnis. Ein Teil der Strafe wurde mir erlassen – und jetzt bin ich wieder frei.«

»Und dabei ist es gar nicht sicher, ob Willetts noch lebt!« rief Gold. »Warum haben Sie das nur getan?«

»Willetts lebt – «, sagte Comstock Bell.

Maple lächelte schwach.

»Ja«, murmelte er, »er lebt – ich bin Willetts!« Er legte seine Hand auf Bells Arm und sah ihn lange an. »Ich danke dir«, sagte er kaum hörbar. »Willetts – ja, ich bin Tom Willetts. Ich hätte nicht gedacht, diesen Namen noch einmal zu hören.«

Er schwieg lange. Die andern glaubten, er sei eingeschlafen. Schließlich beugte sich der Arzt über ihn und berührte sein Gesicht.

»Er ist tot.«

Eine Stunde später befanden sich Comstock Bell und Gold auf dem Weg nach London. Sie hatten sich viel zu erzählen.

»Heute morgen verließ ich Chelmsford«, berichtete Bell. »Meine Strafe wurde aufgehoben, weil sich die französische Kriminalpolizei für mich eingesetzt hatte – Lecomte selbst hat sich eingeschaltet. Vom Gefängnis aus fuhr ich sofort nach Southend, wo sich meine Frau aufhielt.«

Gold zeigte offen seine Verwunderung, und Bell erklärte ihm kurz die Zusammenhänge.

»Als ich mich entschlossen hatte, unser gemeinsames Delikt zu sühnen, mußte ich vor allem jemand finden, auf den ich mich unbedingt verlassen konnte. Keinesfalls durfte meine Mutter oder sonst jemand davon erfahren, wenn ich im Gefängnis saß. Also brauchte ich einen Menschen, der während meiner Abwesenheit an meine Stelle trat. Glücklicherweise lernte ich Verity kennen. Ich erklärte ihr alles, und sie war bereit, mich zu heiraten. Meinen Plan hatte ich bis ins kleinste ausgearbeitet. Ich kaufte einen Schleppdampfer, damit meine Stellvertreterin unbeobachtet London verlassen oder besuchen konnte, denn das war aus vielen Gründen notwendig. Als wir damals abreisten, um die Flitterwochen im Ausland zu verbringen, fuhren wir nicht weiter als bis Boulogne. Mein Schiff brachte uns wieder zu einem kleinen englischen Hafen, und von dort reisten wir nach London zurück. Am Abend stellte ich mich der Polizei. Durch einen unglücklichen Zufall wurde Verity aber in meinem Haus gesehen – ich hatte sie dorthin geschickt, um einen Gummistempel mit meiner Unterschrift zu holen, den ich dummerweise vergessen hatte. Natürlich war meine Handverletzung nur vorgetäuscht. Ich mußte ja dafür sorgen, daß sich niemand darüber wunderte, wenn alle meine Briefe nur noch mit der Maschine geschrieben wurden.«

»Jetzt verstehe ich«, sagte Gold.

Endlich fügten sich die vielen unerklärlichen Einzelheiten zu einem verständlichen Ganzen zusammen.

»Der Zeitpunkt meiner Entlassung aus dem Gefängnis wurde meiner Frau mitgeteilt«, begann Bell wieder, »und es war ausgemacht, daß sie mich in Southend erwarten sollte. Und gleichzeitig sollte sie Ihnen ihre eigene Adresse mitteilen.«

»Das hat sie getan.«

»Zu meinem Erstaunen war sie nicht in Southend. Ich fand dort nur eine Nachricht vor, mit der sie mich aufforderte, zur Farm zu kommen.«

»Wir können jetzt nichts anderes tun«, meinte Gold, »als in London die Polizei zu verständigen und dann zu Ihrem Dampfer zu fahren. Möglicherweise finden wir Ihre Frau dort.«

»Vielleicht ist sie aber auch«, vermutete Bell, »zu Ihnen ins Hotel gegangen, um Näheres zu erfahren.«

»Dann brauchten wir uns keine Sorgen zu machen«, erwiderte Gold. »Auf jeden Fall wird es am besten sein, wir fahren sofort nach Southend, wo Ihr Schiff liegt.«

Den Rest der Fahrt legten sie schweigend zurück, bis sie in Southend das Themseufer erreichten. In einiger Entfernung sahen sie die ›Seabreaker‹ vor Anker liegen, und auf dem Landungssteg stand Captain Lauder, dem es offenbar an Bord seines Schiffes zu langweilig geworden war.

Leider hatte er keine guten Nachrichten – Mrs. Bell war nicht zurückgekehrt. Trotzdem hatte Lauder eine Idee. Sie ließen sich zur ›Seabreaker‹ hinüberrudern, und in der Kajüte erklärte ihnen der Kapitän, was ihm eingefallen war.

»Ich muß vorausschicken, daß es nur ein Verdacht ist, aber ich habe das Gefühl, daß meine Beobachtung mit dem Verschwinden Mrs. Bells zusammenhängt. Wie Sie sich denken können, kenne ich so ziemlich jedes Gebäude am Themseufer. Vor drei Monaten etwa ist mir aufgefallen, daß zwischen Tilbury und Barking ein neues Bootshaus gebaut wurde. Ich fand das seltsam, denn meiner Meinung nach war dieser Platz für ein Vergnügungsboot nicht gerade günstig gewählt.«

»Was verstehen Sie unter einem Vergnügungsboot?« erkundigte sich Gold.

»Nun, eben ein Motorboot, das nur für Vergnügungsfahrten verwendet wird. Doch dieses Motorboot ist etwas ganz Besonderes. Es hat einen ungewöhnlich starken Motor und ist meiner Meinung nach auf kürzeren Strecken ohne weiteres seetüchtig. Ich will damit sagen, daß das Boot für einen bestimmten Zweck vorgesehen sein muß. Einmal habe ich es im Wasser gesehen – der Besitzer machte eine Probefahrt damit. Seither aber liegt es im Bootshaus und wird nur ab und zu von einem Mann kontrolliert. Eines Tages lagen wir in der Nähe, um auf Mrs. Bell zu warten, und mein Sohn unterhielt sich ein wenig mit diesem Mann, einem arbeitslosen Mechaniker. Dabei erfuhr er, daß das Boot genügend Brennstoff und Vorräte an Bord hat, um sich einige Wochen lang auf hoher See zu halten.«

»Ich verstehe, worauf Sie hinauswollen«, sagte Gold und überlegte einen Augenblick. »Das wäre für Helder natürlich eine Möglichkeit, England zu verlassen, wenn er die Katastrophe kommen sieht. Ich muß sagen, ich halte es für sehr wahrscheinlich, daß Helder jetzt auf diese Weise zu entkommen versucht.«

»Ja, sicher«, warf Captain Lauder ein. »Der Mann, der mit meinem Sohn sprach, erzählte nämlich, daß der Besitzer des Bootes Amerikaner sei.«

»Dann also«, schlug Bell vor, »wird es am besten sein, wir fahren sogleich zu diesem geheimnisvollen Bootshaus. Entdecken wir dort nichts Verdächtiges, dann lassen wir einen Beobachtungsposten zurück und dampfen nach London.«

Der Kapitän lief zur Kommandobrücke, und einige Minuten später hatte die ›Seabreaker‹ die Anker gelichtet und keuchte den Strom hinauf.

Die Nacht war sehr dunkel. Drei große Schiffe passierten den Schlepper, die mit der Ebbe zur offenen See hinausfuhren. Aber von dem Motorboot war nichts zu sehen, bis sie Tilbury erreichten.

Captain Lauder hatte die schärfsten Augen. Er stieß einen lauten Ruf aus und legte gleichzeitig das Steuer herum, so daß der Schlepper eine scharfe Kurve beschrieb.

»Dort!« rief er und zeigte auf den Fluß. Ein langgestrecktes, schnittiges Motorboot war in voller Fahrt an der ›Seabreaker‹ vorübergeglitten. Deutlich hörten sie das Dröhnen der schweren Maschine.

Die kleine hintere Kabine des Motorbootes war hell erleuchtet, aber plötzlich erloschen die Lichter.

»Es fährt ein wenig zu schnell für unser Schiff«, knurrte der Kapitän. »Wenn wir aufs offene Meer hinauskommen, wird sich das aber schon ändern – wir haben ziemlichen Wellengang.

Bell hatte sich einen Feldstecher geholt und schaute unablässig auf den schwarzen Schatten, der vor ihnen dahinglitt. Das Boot fuhr mit völlig abgeblendeten Lichtern. Captain Lauder ließ das Letzte aus den Maschinen herausholen, und die ›Seabreaker‹ brachte es fertig, daß sich die Entfernung etwas verringerte.

»Ich glaube ...« begann Comstock Bell eben, als über das Wasser herüber zwei schrille Schreie drangen.

Sie konnten nur von dem Motorboot kommen.

In der Kabine flammte plötzlich wieder Licht auf, und zwei Gestalten hoben sich einen Augenblick silhouettenhaft im Kabinenfenster ab. Und dann konnte Comstock Bell durch sein Fernglas deutlich einen Mann und eine Frau unterscheiden, die an der Reling miteinander rangen – im nächsten Augenblick trennten sie sich, und die eine Gestalt fiel mit einem Aufschrei in das dunkle Wasser.

»Es ist eine Frau ...« rief Bell mit erstickter Stimme.

29

Auf einem verlassenen Straßenstück der Cambridge Road hatte Helder die Geschwindigkeit seines Wagens herabsetzen müssen. Vor sich sah er ein Auto, das offensichtlich eine Panne hatte. Es stand am Straßenrand, doch mit dem Vorderteil ragte es ein wenig zur Fahrbahn hin. Helder schickte sich an, langsam daran vorbeizufahren. Seine Scheinwerfer leuchteten dabei ins Innere des Wagens – einer Frau direkt ins Gesicht, die allein auf dem Rücksitz saß. Offensichtlich war der Chauffeur weggegangen, um Hilfe zu holen.

Die Frau war Mrs. Bell.

Helder bremste scharf, sprang aus dem Wagen und riß die Tür des andern Autos auf. Dieser Zufall kam ihm sehr gelegen.

»Sie werden mich begleiten, Mrs. Bell!«

Sie gab keine Antwort, sondern schaute nur schnell die Straße entlang. Doch weit und breit war niemand, den sie um Hilfe hätte angehen können.

Helder hielt die Tür seines Wagens auf und befahl ihr mit einer drohenden Geste, einzusteigen.

»Ich fahre auf keinen Fall mit Ihnen«, erklärte sie entschlossen.

»Steigen Sie sofort ein!« schrie Helder wütend.

Sie schrak zurück, aber er packte sie brutal am Arm und zerrte sie in seinen Wagen.

»Nehmen Sie Mrs. Bell in die Mitte!« befahl er seinen Begleitern. »Wenn sie schreit, dann bringen Sie sie zum Schweigen!«

Er raste in einem Höllentempo weiter. Spät am Abend erreichten sie London. Helder vermied die verkehrsreichen Gegenden und suchte seinen Weg hauptsächlich durch die stillen Vororte. Er fuhr immer weiter nach Osten, bis die Stadt wieder hinter ihnen lag und sie durch das Flachland von Essex kamen.

Zehn Meilen von Barking entfernt zieht sich ein öder, flacher Landstrich bis zum Flußufer hin. Sie ließen einige düster aussehende Fabriken, einen Flugplatz und große Kohlenlager hinter sich. Helder schien den Weg genau zu kennen.

»Hier steigen wir aus«, sagte er plötzlich.

Es war kein Haus in der Nähe zu entdecken. Es schien, als wären sie die einzigen lebenden Wesen in dieser feuchten, unwirtlichen Gegend. Nur die Umrisse von aufgeschichteten Kohlenhaufen waren zu erkennen.

Eine Zeitlang fürchtete Verity Bell um ihr Leben.

Helder packte sie am Arm und zog sie hinter sich her.

»Es geschieht Ihnen nichts, wenn Sie vernünftig sind«, flüsterte er.

Sie ließen die Kohlenlager links liegen und gingen ungefähr eine Viertelstunde lang über unebenes Gelände. Verity stolperte mehrmals.

In der Dunkelheit erkannte sie schließlich ein niedriges Gebäude, das dicht am Wasser stand.

Helder machte sich an dem Vorhängeschloß zu schaffen, dann öffnete er die Tür und schob sie vor sich her ins Innere. Ein Geruch von Öl und Petroleum schlug ihr entgegen.

Helder knipste eine Taschenlampe an, und nun sah sie, daß sie sich in einem geräumigen Bootshaus befand. In der Mitte stand ein großes Motorboot auf einer Gleitbahn, die direkt ins Wasser führte. Die Ausfahrt war durch ein Tor versperrt.

Helder sah sie triumphierend an.

»Das ist mein Rettungsboot!« Er schien auf einmal wieder guter

Stimmung zu sein. »Es wartet darauf, mich vor dem großen Schiffbruch zu retten. Ich glaube, es ist jetzt höchste Zeit, daß wir dieses Land verlassen!«

Seine beiden Begleiter betrachteten das große, starke Fahrzeug mit lebhaftem Interesse. Besonders Tiger Brown zeigte sich beeindruckt von der klugen Voraussicht seines Chefs.

»Es ist ein gutes Boot. Ich habe es mit ausreichenden Vorräten auch für eine längere Fahrt versorgt«, bemerkte Helder und öffnete das Tor zum Fluß, so daß man die dunkle Wasserfläche sehen konnte. »Einsteigen!« befahl er dann und zeigte auf eine Leiter, die an einer Wand des Bootshauses hing.

Brown holte sie, lehnte sie gegen das Heck des Motorbootes und stieg hinauf. Helder wandte sich an Verity und zeigte nach oben.

»Ich denke nicht daran, mit Ihnen zu gehen!« rief sie ängstlich. »Machen Sie, was Sie wollen – ich bleibe hier.«

»Sie werden es sich noch überlegen, Mrs. Bell! Glauben Sie, daß ich Lust habe, Ihrem Mann im Chelmsford-Gefängnis zu begegnen?«

Sie wurde blaß und wich einen Schritt zurück.

Helder lachte.

»Das haben Sie nicht erwartet, daß ich Ihr Geheimnis kenne, wie? Und verlassen Sie sich darauf, ich werde nicht davor zurückschrecken, den Gebrauch davon zu machen, den ich für richtig halte. Stellen Sie sich vor, wie sich das ›Post Journal‹ über einen kleinen Artikel von mir freuen würde! Also – ersparen Sie sich und Ihrem Mann diese Blamage und fügen Sie sich meinen Anordnungen, Mrs. Bell!«

»Mein Mann ist unschuldig«, sagte sie leise. »Er ist für jemand anders ins Gefängnis gegangen.«

Helder verbeugte sich spöttisch.

»Natürlich, wie Sie wollen! Das behaupten die meisten Leute, die hinter Gittern sitzen. Und jetzt – einsteigen! Aber ein bißchen schnell, wenn ich bitten darf!«

Sie wußte, daß weiterer Widerstand zwecklos war. Wenn sie sich weigerte, würde er das Geheimnis, das sie mit so viel Mühe und unter persönlichen Opfern gehütet hatte, der Öffentlichkeit preisgeben.

Sie raffte sich auf und kletterte die Leiter hoch. Helder folgte dicht hinter ihr. Oben löste er sofort die Sperren, die das Boot festhielten. Rasch glitt es auf den leicht geneigten Holzschienen, auf denen es ruhte, ins Wasser. Gleich darauf begann der Motor dumpf zu rattern, und mit spritzender Bugwelle fuhren sie stromabwärts, der offenen See entgegen.

Clinker war nach vorn gegangen, und Tiger Brown stand am Steuer. Helder blieb mit Verity allein in der kleinen hinteren Kabine. Er knipste das Licht an und ging auf sie zu, doch sie wich entsetzt vor ihm zurück.

»Wie wäre es, wenn wir ein wenig miteinander plauderten?« fragte er höhnisch. »Vielleicht könnten Sie mir erzählen, ob Sie in Ihrer jungen Ehe glücklich sind oder nicht.«

Sie hatte die Lippen fest aufeinandergepreßt und sah ihn verächtlich an. Ihr Blick brachte ihn in Wut. Wie damals in seinem Büro war er nahe daran, jede Selbstkontrolle zu verlieren.

Mit einer raschen Bewegung knipste er das Licht aus und versuchte, sie zu fassen. Doch sie stand bereits am anderen Ende der Kabine.

»Wenn Sie mir zu nahe kommen, springe ich über Bord!«

»Keine Angst«, erwiderte er zynisch, »Sie sind mir viel zu wertvoll, als daß ich nicht speziell um Ihr Wohlergehen besorgt wäre. Comstock Bell wird bestimmt dumm genug sein, eine anständige Summe als Lösegeld für Sie zu bezahlen.«

Während er sprach, hatte er sich ihr im Dunkeln leise genähert. Bevor sie ausweichen konnte, sprang er mit einem Satz zu ihr und packte sie an den Schultern. Sie schrie laut um Hilfe.

»Halten Sie den Mund!« zischte er sie wütend an.

»Lassen Sie mich in Ruhe!« schrie sie, so laut sie konnte, denn sie hoffte, daß wenigstens Helders Begleiter hereinschauen würden.

Es wurde ihm jetzt selbst unbehaglich, und er ließ sie wieder los.

Sie nützte ihren Erfolg aus.

»Machen Sie sofort das Licht an!«

Tatsächlich ging er zum Schalter, und im nächsten Augenblick war die Kabine wieder hell erleuchtet. In ihrer Aufregung wußte sie nicht, was sie jetzt tun sollte. Schnell drehte sie sich um, trat zu einem Kabinenfenster und schaute auf den Strom hinaus. Plötzlich zuckte sie zusammen.

»Gott sei Dank – «, flüsterte sie, »die ›Seabreaker‹!«

Helder trat sofort neben sie und sah zu seinem Schrecken einen kleinen Dampfer, der in voller Fahrt auf sie zuhielt. Im ersten Moment war er fassungslos, und diesen Augenblick benützte sie. Bevor er sie festhalten konnte, rannte sie aus der Kabine und stürzte zur Reling. Er konnte sie zwar noch einholen, doch mit der Kraft der Verzweiflung riß sie sich los und sprang ins Wasser.

Fluchend stand er an der Reling und sah die Lichter des Dampfers immer näher kommen – es blieb ihm nichts anderes übrig, als so schnell wie möglich das Weite zu suchen.

Tiger Brown, der das Steuer Clinker übergeben hatte, kam auf ihn zugerannt.

»Was ist denn los, zum Teufel?«

Helder stieß ihn zur Seite.

»Schnell, wir müssen das Letzte aus der Maschine herausholen – wenn wir die belgische Küste vor Tagesanbruch erreichen, haben wir es geschafft!«

Fünf Minuten später atmete er erleichtert auf. Der Abstand zwischen seinem Boot und dem verfolgenden Schlepper vergrößerte sich von Sekunde zu Sekunde, denn die ›Seabreaker‹ hatte beigedreht. Helder zweifelte nicht daran, daß man Boote aussetzte, um Verity Bell aufzufischen.

30

Verity lag in der Kabine der ›Seabreaker.‹ Sie fühlte sich noch sehr schwach, lächelte aber zufrieden, als sie die Augen aufschlug. Neben ihr saß Comstock.

Der Dampfer hatte die Fahrtrichtung geändert und fuhr jetzt den Strom hinauf. Gold, der neben dem Kapitän auf der Brücke stand, sprach kein Wort. Er hatte alle Küstenstationen benachrichtigt und war gespannt, ob es noch gelingen würde, das Motorboot aufzuhalten. Auch die französischen und belgischen Küstenstationen waren bereits alarmiert.

Draußen heulte ein starker Nordwestwind.

Verity hatte Comstock schon eine Zeitlang aus halbgeschlossenen Augen betrachtet, noch bevor er merkte, daß sie wieder zum Bewußtsein gekommen war. Sie sah die harten Linien, die der Gefängnisaufenthalt in seinem Gesicht hinterlassen hatte, las aber auch Befriedigung und Erleichterung in seinem Blick.

Was sollte nun werden? Was mochte ihr die Zukunft bringen? Irgendeine Lösung mußte man finden – so oder so.

Mit einem Lächeln öffnete sie die Augen ganz.

»Nun?« fragte sie freundlich.

»Du bist wohl überrascht, mich hier wiederzusehen?«

Eine merkwürdige Scheu hielt ihn davon ab, sie bei ihrem Namen zu nennen.

»Nein ...« Sie schwieg lange. »Mein Onkel ... Ist er – tot?«

Bell nickte traurig.

»Ich habe es befürchtet«, sagte sie leise. Tränen traten ihr in die Augen. »Er war sehr gut zu mir. Jetzt bin ich ...«

Sie brach ab und weinte fassungslos.

»Du wolltest sagen, daß du jetzt ganz allein bist.« Comstock Bell nahm ihre Hand in die seine. »Und doch hast du kein Recht dazu – wir sind verheiratet.«

Sie sah an ihm vorbei.

»Es wäre mir lieber gewesen, du hättest es jetzt nicht erwähnt. Was ist das schon für eine Ehe, die wir führen!«

Er nickte. Beide schwiegen. Das gleichmäßige Stampfen der Maschinen ließ ab und zu die Fensterscheiben erzittern.

»Du hast recht«, antwortete er endlich. »Aber glaubst du denn, eine Scheidung wäre der einzige Weg für uns? Sicher, du wärst damit einverstanden, weil du denkst, ich wollte dich wieder loswerden ... Sag, glaubst du das wirklich?«

»Nein, eigentlich nicht – und doch, ich kann nicht einfach deine Frau bleiben, nur weil ich einmal Gelegenheit hatte, dir zu helfen. Reden wir doch ganz offen darüber – schließlich haben wir einander nicht aus Liebe geheiratet. Als ich erfuhr, daß du für Willetts ins Gefängnis gehen wolltest, um euer beider Schuld zu sühnen, dachte ich mir, daß auch ich meinen Teil dazu beitragen könnte. Anstelle meines Onkels wollte auch ich etwas gutmachen ... Und jetzt, jetzt muß ich daran denken, daß ich mich irgendwann einmal doch auch verlieben könnte ...«

Sie senkte den Blick.

»So darfst du nicht reden!« widersprach er heftig. »Vielleicht haben wir uns nicht geliebt, als wir uns heirateten – inzwischen aber ist viel Zeit vergangen, und ich wußte schon im Gefängnis, daß ich nicht mehr ohne dich leben kann. Du sagst, es könnte sein, daß du dich einmal verliebst – willst du dich dann nicht in mich verlieben?«

Sie erwiderte nichts, mußte aber ein wenig lächeln.

»Du hast ein großes Risiko auf dich genommen für mich«, fuhr er, mutiger geworden, fort. »Willst du nicht noch ein bißchen mehr riskieren? Versprich mir, daß du dich, wenn du dich einmal verliebst, in mich verliebst!«

Sie schaute ihn lange an, dann drückte sie seine Hand.

»Ja, ich will es tun.«

31

In der Nordsee kämpfte sich ein Motorboot durch einen Sturm, der ständig heftiger wurde. Die drei Männer an Bord taumelten hin und her. Helder und Tiger Brown hielten beide krampfhaft das Steuer umklammert.

»Sehen Sie sich die Wellen an! Das Wetter wird immer schlimmer!« brüllte Brown.

Der Sturm riß ihm die Worte vom Mund.

Helder schüttelte verbissen den Kopf.

»Wir sind alle drei keine Seeleute – wenn es so weitergeht, bleibt uns nichts übrig, als umzudrehen!«

Das Motorboot zitterte in allen Fugen, als eine mächtige Welle den Bug in einen gischtenden Schaumberg verwandelte.

Verzweifelt schaute Helder zurück. Am Horizont sah er gerade noch den gelben Lichtstreifen des Leuchtschiffes, das sie an der Themsemündung passiert hatten.

Eine neue Welle traf das Boot von der Seite, so daß es sich bedenklich umlegte. Es hatte keinen Sinn, sie konnten die Fahrt über den Kanal jetzt nicht wagen.

»Wir müssen umkehren«, entschied Helder. »Am besten, wir versuchen eine einsame Stelle an der Küste anzulaufen. Die Themse wieder hinaufzufahren, wäre viel zu gefährlich – und in vier Stunden wird es hell.«

Tiger Brown und Clinker nickten schweigend. Es blieb ihnen keine andere Wahl.

Das Glück war ihnen wenigstens so weit gewogen, als es ihnen gelang, eine verhältnismäßig versteckte Bucht zu finden, in der sie eine Landung wagen konnten. Um fünf Uhr morgens knirschte der Sand unter dem Kiel des Bootes.

»Was soll aus dem Kahn werden?« fragte Tiger Brown.

Helder zögerte. Er trennte sich nicht gern von dem Boot, das für ihn fast die letzte Hoffnung darstellte, England unbemerkt verlassen zu können. Aber dann machte er sich klar, daß es im Laufe des Tages doch von der Küstenwache entdeckt würde. Er mußte das Boot opfern.

Sie drehten es mühsam mit dem Bug zur See, machten das Steuer fest und stellten den Motor auf volle Fahrt. Stumm sahen sie ihm nach. Nach wenigen Minuten war es ihren Blicken hinter einem Regenvorhang entschwunden.

Helder und seine Begleiter waren bis auf die Haut durchnäßt. Niedergeschlagen machten sie sich auf den Weg landeinwärts. Kein Mensch begegnete ihnen, und nach einer halben Stunde erreichten sie das Dorf Little Clacton.

Hier trennten sie sich. Jeder von ihnen hatte einen Betrag in der Brieftasche, der ein kleines Vermögen darstellte.

»Wohin gehen Sie?« fragte Brown.

»Nach London«, antwortete Helder. »Vielleicht gelingt es mir, mich doch noch zum Kontinent durchzuschlagen.«

»Gut. Wir werden uns zunächst einen Schlupfwinkel suchen. Auf Wiedersehen also in Amerika – oder im Kittchen!«

Helder kehrte ihnen den Rücken und machte sich auf den Weg zur Bahnstation. Als er dort ankam, verließ eben ein Güterzug den Bahnhof in Richtung Colchester. Er lief nebenher und schwang sich mit letzter Kraft auf einen der Güterwagen. Seine Zähne klapperten vor Kälte, doch er achtete nicht darauf. Würde ihm die Flucht gelingen?

Wenn der Zug unterwegs nicht anhielt, mußte er in einer Stunde in Colchester sein – und es war ziemlich unwahrscheinlich, daß er auf kleineren Stationen haltmachte.

Er hatte richtig vermutet. Nach nicht allzulanger Zeit blieb der Zug vor einem Haltesignal außerhalb Colchesters stehen. Vorsichtig sprang er aus dem Wagen, ging querfeldein und erreichte ohne Zwischenfall die Stadt. Einige Leute, die auf dem Weg zur Arbeit waren, begegneten ihm. Der Morgenwind blies heftig, und Helder war bis auf die Knochen durchfroren. Die Leute würden aussagen, daß sie ihn hier gesehen hatten.

Etwas später traf er einen Mann, der rasch ausschritt und vor sich hinpfiff. Helder hielt ihn an.

»Entschuldigen Sie . . .« begann er.

Der Mann wartete und betrachtete ihn mißtrauisch.

»Wollen Sie sich etwas verdienen?« fragte Helder.

»Sicher«, sagte der Mann, aber es klang nicht sehr begeistert.

»Ich hatte eine Havarie an meinem Motorboot«, erzählte Helder, »mußte landen und fünf Meilen querfeldein gehen. Was ich brauche, ist eine Unterkunft und trockene Kleider.«

»Es gibt genug Hotels in der Stadt«, erwiderte der Mann, doch Helder zerstreute seine Bedenken.

»Ich möchte aber in kein Hotel gehen. Man soll nicht wissen, daß ich hier bin. Ich habe meine Gründe dafür. Irgendwas Trockenes zum Anziehen genügt mir.«

Er zog seine Brieftasche heraus und zeigte zwei Fünfpfundnoten.

Der Mann wurde plötzlich höflicher.

»Kommen Sie mit in meine Wohnung.«

Er führte Helder ein Stück zurück in eine Nebenstraße zu einem einzelnen Haus. »Warten Sie hier im Wohnzimmer, ich sage rasch meiner Frau Bescheid. Sie wird bestimmt einen passenden Anzug für Sie finden.«

Das Zimmer war nicht geheizt, aber Helder fühlte sich hier ganz behaglich nach dem Aufenthalt im Eisenbahnwaggon und auf freiem Feld. Nach einiger Zeit kam der Mann mit einem Bündel Kleider unter dem Arm zurück. Er breitete alles auf dem Sofa aus.

»Suchen Sie sich aus, was Sie brauchen. Meine Frau macht gerade eine Tasse Tee für Sie.«

Er ging wieder hinaus, und Helder zog rasch einen noch recht gut erhaltenen Anzug an, der sein Aussehen vollkommen veränderte. Der Anzug paßte besser, als er erwartet hatte. Er band sich noch einen wollenen Schal um den Hals, und nun konnte man ihn nicht mehr von einem gewöhnlichen Arbeiter unterscheiden. Die Brieftasche und die anderen Gegenstände, die sich in seinem eigenen Anzug befanden, nahm er heraus und suchte noch einmal alle Taschen durch, um nicht später der Polizei einen Hinweis zu liefern.

Inzwischen hatte die Frau den Tee gebracht und Feuer angemacht.

»Ich möchte nicht, daß über die Sache gesprochen wird«, sagte Helder zu dem Mann. »Man glaubt, ich sei in London, und es wäre mir unangenehm, wenn bekannt würde, daß ich mich hier in der Gegend herumtreibe.«

Der Mann nickte und zwinkerte mit den Augen.

»Sie können sich auf mich verlassen. Was soll mit Ihren Kleidern geschehen?«

»Die können Sie behalten.«

Helder trank Tee und aß zwei dicke Scheiben Toast.

Als es hell geworden war, ging er rasch zum Bahnhof, löste eine Arbeiterfahrkarte nach Romford und stieg in den Vorortzug nach London.

Um acht Uhr kam er auf der Liverpool Street-Station an. Die Straßen waren von Arbeitern bevölkert, die zu den Fabriken strömten.

Es war ihm klar, daß er die City vermeiden mußte. Er ging also in östlicher Richtung weiter und kaufte in einem Trödlerladen einen dicken Mantel und einen Hut, wie er sie früher nie getragen hatte.

Auf Umwegen erreichte er New Cross, die Station, auf der die Personenzüge in Richtung Dover halten.

Wieder hatte er Glück. Es war alles einfacher, als er gedacht hatte. Er war auf einmal todmüde von den Anstrengungen der vergangenen Nacht. Bis Ashford schlief er ein wenig und stieg dann aus dem Zug, der hier ein paar Minuten Aufenthalt hatte. Er aß am Bahnsteigbüfett eine Kleinigkeit und kaufte sich rasch eine Zeitung.

Es war die neueste Morgenausgabe, die mit großen Schlagzeilen vom Ende der Fälscherbande berichtete. Helder biß die Zähne zusammen, als er seinen Namen las. Und dann erschrak er – das Motorboot war von einem Küstenwachschiff aufgefischt worden, und die Polizei kombinierte richtig, daß die drei Verbrecher wieder aufs Festland zurückgekehrt waren. Alle Züge wurden überwacht, sämtliche Kanalhäfen kontrolliert – jetzt war seine Lage katastrophal.

Während er versuchte, zu einem Entschluß zu kommen, hielt ein Zug nach London vor seiner Nase. Er faßte es als einen Fingerzeig des Schicksals auf und stieg ein, obwohl er wußte, daß der Zug erst am Waterloo-Bahnhof halten würde.

Seine ganze Hoffnung bestand darin, daß die Polizei ihre Aufmerksamkeit wahrscheinlich eher auf die Züge konzentrierte, die nach den Küstenstationen fuhren. Das Glück blieb ihm treu. Der Bahnhof wurde zwar von einem halben Dutzend Kriminalbeamten bewacht, aber keiner entdeckte ihn.

Mit der Untergrundbahn fuhr er quer durch London und erreichte High Gate. Hier kaufte er verschiedenes ein, vor allem einen Koffer und einen zweiten Anzug. So ausgerüstet fuhr er wieder nach Südlondon zurück und stieg dort in einen Vorortzug Richtung Sydenham. In einem leeren Eisenbahnabteil wechselte er seine Kleider und veränderte mit einer dicken Hornbrille sein Aussehen so sehr, daß man ihn kaum wiedererkennen konnte.

Wentworth Gold und ganz Scotland Yard waren ihm auf den Fersen. Er wußte, daß seine Chancen eins zu hundert standen.

Am Nachmittag um fünf Uhr wurden Tiger Brown und Clinker in Brentford verhaftet. Beim Verhör kam wenig heraus, was die Polizei nicht schon wußte.

Helder ging sehr geschickt vor. Er benützte nie einen Schnellzug, sondern entfernte sich durch kleine Fahrten mit Vorortzügen immer weiter von der Hauptstadt. Mit einem Bummelzug erreichte er Reading, fuhr dann nach Fishguard und kam in diesem Hafenort gerade noch rechtzeitig an, um den Dampfer nach Irland zu erreichen.

Wieder erkannte ihn niemand, als er an Bord ging. Zwei Kriminalbeamte die die einsteigenden Passagiere beobachteten, wandten gerade im richtigen Moment ihre Aufmerksamkeit einem anderen Reisenden zu, der ihnen verdächtig erschien.

Dann aber ließ ihn der gute Stern, der ihn fast ans Ziel geführt hatte, endgültig im Stich. Die Art und Weise, wie er verhaftet wurde, waren ein Witz, den jeder amüsant fand – außer Helder selbst.

In den frühen Morgenstunden wurde Gold ein Telegramm von Scotland Yard zugestellt. Es lautete kurz: ›Helder in Queenstown verhaftet.‹

Gold nahm den nächsten Zug und traf noch am Vormittag in der Hafenstadt ein. Auf der Polizeiwache wurde er bereits erwartet. Man führte ihn in die Zelle. Helder hockte mit resigniertem Gesichtsausdruck auf der Pritsche.

»Na, Gold, jetzt haben Sie mich also doch erwischt!«

»Ich habe es Ihnen vorausgesagt.«

Helder lachte bitter.

»Hat man Ihnen erzählt, wie ich verhaftet wurde?«

»Nein«, antwortete Gold erstaunt.

Er wunderte sich, daß der Gefangene ausgerechnet darauf zu sprechen kam.

Helder lehnte sich zurück, steckte die Hände in die Taschen und sah an Gold vorbei auf die Gitterstäbe vor dem Fenster.

»In einem Reisebüro kaufte ich mir eine Schiffskarte nach Amerika. Unter den Banknoten, mit denen ich bezahlte, war auch eine Fünfpfundnote. Mein Geld war echt, und als man mir die Schiffskarte aushändigte, dachte ich schon, ich hätte es geschafft – doch an der Tür verhaftete mich ein Kriminalbeamter.«

»Nun ja, man hat Sie eben erkannt«, sagte Gold.

»Nein, das war es nicht«, entgegnete Helder kleinlaut. »Aber die Fünfpfundnote, mit der ich bezahlte, war gefälscht.«

»Aber Sie haben doch niemals Fünfpfundnoten gefälscht!«

»Nein, das ist es ja gerade. Gefälscht hat sie irgendein anderer – ein Stümper! Und ich habe sie zufällig in die Hand bekommen!«

Leseprobe

Spannendes Lesevergnügen auf den
folgenden Seiten
mit dem neuen Roten Krimi

Band 4669

Inhalt

Cyrus Thurman, ein exzentrischer Millionär, kommt nach San Francisco, um den bekannten Anwalt Sam Benedict zu konsultieren. Doch am Abend zuvor wird er tot in einem knallbunt bemalten VW-Bus aufgefunden. Erschossen. Als kurz danach Thurmans Sohn aus zweiter Ehe ums Leben kommt, entschließt sich Sam Benedict, den Fall selbst zu untersuchen. Und das seltsame Testament des Millionärs bringt ihn auf eine Spur . . .

Schauplatz: San Francisco, Kalifornien.

4

Ein Bote brachte den Bericht des Schußwaffensachverständigen in Coronas kleines, revolverstahlgraues Büro. Der Kriminalbeamte studierte ihn kurz und legte ihn dann seufzend zu einem Stapel anderer Dokumente in einen Aktenordner. Dann starrte er ein paar Minuten lang auf einen Wandkalender, nahm schließlich den Ordner unter den Arm und ging damit über den Korridor zum Büro des Dezernatsleiters. Die Sekretärin meldete ihn über die Sprechanlage an. »Gus Corona ist hier.«

»Es sieht nicht nach dem Astro aus«, sagte Corona ein paar Minuten später, während er sich gegenüber dem Chief auf einem Sofa niederließ.

»Ich wollte, Sie würden das der Presse mitteilen.«

Corona schüttelte den Kopf. »Ich würde empfehlen, damit noch ein bißchen zu warten«, erwiderte er.

Der Chief zuckte mit den Schultern. »Was haben wir denn Bemerkenswertes?«

Corona schlug den Ordner auf. »Alle anderen Astro-Morde sind mit ein und demselben Zweiunddreißiger-Revolver begangen worden. Dieses Opfer dagegen wurde von einem Revolver Kaliber achtunddreißig getötet. Und was noch wichtiger ist: gestern abend war Neumond.«

Der Chief starrte ihn einen Augenblick lang an, dann kräuselten sich seine Lippen. »Was war gestern?«

»Neumond«, wiederholte Corona ungerührt und schaute an seinem Vorgesetzten vorbei zum Fenster hinaus. »Sonst hat der Astro immer nur an Tagen zugeschlagen, wo Vollmond war, und zwar in einem unheilvollen Aspekt zum Mars. Der Mars ist das Symbol für Krieg und Mord.«

Der Chief schwieg einen Augenblick, dann seufzte er, legte beide Hände flach auf die Schreibtischplatte und begann langsam mit seinen Fingern auf die hochpolierte Fläche zu trommeln. »Sie glauben doch nicht etwa auch diesen Quatsch?« fragte er zuletzt.

»Ich nicht, Sir.« Corona zuckte mit den Schultern. »Aber der Astro-Killer.«

Der Chief atmete aus und grinste. »Vielleicht melden Sie sich mal, wenn eine Stelle als Polizeiastrologe frei wird«, sagte er und lehnte sich wieder zurück. »Was sonst?«

»Thurman flog gestern früh mit einer Maschine der CMA von Puerta Vallarta nach Los Angeles. Dort stieg er in eine Maschine der United Air Lines um, die eine Stunde später hier ankam. Aus Los Angeles setzte er sich telefonisch mit seinem Sohn, einem Oberstleutnant Albert Thurman, in Verbindung, und der Oberstleutnant schickte einen Wagen zum Flugplatz, um den Vater abzuholen. Thurman senior wurde zwar ausgerufen, hat sich aber nicht gemeldet. Ein Angestellter der United Air Lines erinnert sich an einen Mann seiner Beschreibung, der aus der Maschine gestiegen ist. Und eine Verkäuferin in einem Zeitungskiosk berichtet, daß ein ältlicher Hippie zur entsprechenden Zeit die Zeitungen betrachtet hat und dann von einem jüngeren Hippie abgeholt wurde. Auch hier stimmt die Beschreibung mit der des Opfers überein.«

Der Kriminalbeamte blätterte um. »Mit dem VW-Bus sind wir klar: Er ist okay und gehört einem gewissen Jimmy Ferguson, der zwei Drittel seiner dreimonatigen Gefängnisstrafe wegen eines Rauschgiftdelikts abgesessen hat. Ferguson behauptet, er habe den Wagen seiner Freundin ausgeborgt. Wir haben auch diese Freundin ausfindig gemacht. Sie hat ihn an einen anderen Freund ausgeliehen, der damit nach Big Sur gefahren ist. Sie weiß, daß dieser Freund schon wieder zurück ist, denn sie hat ihn in der vergangenen Woche getroffen, hat aber vergessen, ihn nach dem Wagen zu fragen.

Der Oberstleutnant erklärte, er habe noch einen Stiefbruder, einen haltlosen jungen Mann, der zum Hippie geworden sei. Den haben wir allerdings bisher noch nicht gefunden. Der Tote hatte außerdem noch eine Tochter, die in Sausalito wohnt. Wir rufen alle halbe Stunde dort an, aber bisher hat sich niemand gemeldet.«

»Diese verdammten Hippies haben überhaupt kein Gefühl für fremdes Eigentum«, sagte der Chief. »Die sind genauso wie die Technokraten, die es früher gegeben hat.«

»Ein blauer Pontiac Catalina hat einen fast neuen Lincoln Continental gestreift und beschädigt, und zwar nicht weit vom Tatort entfernt«, fuhr Corona fort. »Außerdem haben wir in der Nähe des VW Reifenspuren am Randstein des Gehsteigs gefunden. Da hat also jemand durchgedreht und ist mit heißen Reifen weggefahren. Möglicherweise derselbe Wagen, der den Lincoln gestreift hat.«

»Und weiter?«

»Die übliche Routine. Der Tote ist nicht beraubt worden. Ein Stück von seinem Poncho fehlt, und ich nehme an, das bekommen früher oder später die Zeitungen zugeschickt.«

»Was hat Sam Benedict damit zu tun?«

»Thurman hatte einen Brief in der Tasche, in dem Benedict ihm bestätigt, daß er heute vormittag einen Termin für ihn reserviert hat.«

»Ist Benedict nicht ein bißchen hoch gegriffen für einen ältlichen Hippie?«

Corona lächelte und schaute den Chief überlegen an. »Cyrus Thurman war ein exzentrischer Mensch, aber beileibe kein ältlicher Hippie. Wie mir Benedict versicherte, verfügte Thurman über ein Vermögen von mindestens zwei Millionen Dollar.«

»Deswegen brauchen Sie nicht so geziert lächeln«, entgegnete der Chief würdevoll.

Die junge Frau beeindruckte Sam vom ersten Augenblick an, als sie sein Büro betrat. Sie hielt den Kopf hocherhoben; ihre Schultern waren aufrecht. Und sie schritt stolz daher, als sie sich ihm näherte. Ihre Brüste waren groß, ihre Taille schlank, und sie hatte frauliche Hüften. Ihre Lippen waren vielleicht ein bißchen zu voll, aber sehr sinnlich. Langes, schwarzes Haar fiel ihr in einem lockeren Pferdeschwanz bis über die Schultern. Sie ließ sich in einem Sessel gegenüber seinem Schreibtisch nieder und legte die Beine übereinander. Ihr Rock war kurz, und sie bemühte sich gar nicht erst, ihn nach unten zu ziehen, sie wirkte dennoch keineswegs ordinär. Er erinnerte sich an eine alte Redensart, in der es heißt: Ein Anwalt macht seiner Klientin niemals Avancen, es sei denn beim Ausstellen der Rechnung. Er lächelte freundlich.

»Ich möchte Sie bitten, daß Sie meinen Bruder, Cyrus Thurman junior, als Anwalt vertreten«, sagte sie in etwas herrischem Ton, der vielleicht ein Zeichen ihrer defensiven Haltung war.

»Warum?« fragte Sam.

Diese lakonische Frage schien sie zu irritieren, denn sie schaute ihn schweigend an, ehe sie antwortete. Dann erzählte sie ihm von dem Volkswagen-Bus, den sich Junior ›ausgeborgt‹ hatte. Den Tod ihres Vaters erwähnte sie nur am Rande, weil sie genau wußte, daß Sam bereits darüber informiert war, doch sie beschrieb ihm mit chronologischer Exaktheit die Ereignisse von der Ankunft des Vaters am Flughafen bis zu dem Augenblick, als er ihr Haus in Sausalito verließ, um nach San Francisco zu fahren.

»Wissen Sie, was dieser ›Kunstschuppen‹ ist?« fragte Sam.

»Ein Asyl für Möchtegern-Künstler«, erwiderte sie ohne Zögern. »Draußen am North Beach.«

»Ich glaube nicht, daß das mit dem VW ein großes Problem ist«, erklärte der Anwalt. »Ich kümmere mich jedenfalls darum.«

Das Mädchen entspannte sich. »Warum wollte mein Vater bei Ihnen vorsprechen?« fragte sie.

»Ich weiß es nicht. Er schrieb mir, machte einen Terminvorschlag und erklärte, daß es sich um eine Privatangelegenheit handelte – keine sehr große Sache.«

Die junge Frau betrachtete ihn prüfend, nickte dann und nahm ihre Tasche, die sie auf den Fußboden gestellt hatte. Sie holte ein Scheckbuch und einen Kugelschreiber heraus. »Reichen fünfzig Dollar als Anzahlung?« fragte sie.

Benedict hielt ihr abwehrend die Handflächen entgegen. »Haben Sie denn eine Ahnung, weshalb Ihr Vater mich sprechen wollte?« fragte er.

Das Mädchen schüttelte den Kopf. »Wenn ich es wüßte, hätte ich Sie nicht gefragt.«

»Ich habe eine Reihe von geschäftlichen Angelegenheiten für Ihren Vater geregelt, vor allem damals, als er seine Anteile an der Luftfrachtgesellschaft veräußerte und nach Mexiko auswanderte«, sagte Sam. »Wissen Sie überhaupt, wie reich Ihr Vater gewesen ist?«

»Ich habe nie darüber nachgedacht. Aber ich nehme an, er

war nicht gerade arm, denn er zahlte Stella eine hohe monatliche Abfindung. Und Junior und mir hat er öfters Schecks geschickt.«

»Wer ist Stella?«

»Seine erste Frau, Alberts Mutter. Junior und ich sind die Kinder seiner zweiten Frau Dorothy. Sie kam bei einem Autounfall ums Leben.«

»Wenn ich Ihnen sage, Ihr Vater besaß annähernd drei Millionen Dollar, als er nach Mexiko auswanderte – würde Sie das überraschen?«

Sie lachte und machte eine Geste mit der Hand, als wische sie damit den Gedanken weg, doch dann hielt sie plötzlich in der Bewegung inne. Ihre Augen weiteten sich. »Wieviel haben Sie gesagt?«

»Rund drei Millionen Dollar.«

Sie öffnete den Mund und schloß ihn wieder. Entweder war sie eine verdammt gute Schauspielerin, oder sie hatte wirklich keine Ahnung von den finanziellen Angelegenheiten ihres Vaters. Immerhin erinnerte er sich, daß Cy in diesen Dingen recht verschwiegen gewesen war. Bei mehreren Gelegenheiten hatte er sogar versucht, seinem Anwalt gewisse Einzelheiten vorzuenthalten, und mußte erst davon überzeugt werden, daß es notwendig war, die Karten auf den Tisch zu legen. »Ich fürchte, wir werden einen Anwalt nötig haben, nicht wahr?« sagte sie nach einer längeren Pause. »Wollen Sie das übernehmen?«

»Wer ist ›wir‹?«

»Junior und ich.«

»Warum nicht auch Albert?«

»Ich fühle mich ihm gegenüber nicht im geringsten verantwortlich. Bei Junior ist das etwas anderes.«

Sam nickte langsam. »Warum machen wir es nicht einfach folgendermaßen«, schlug er vor. »Ich werde Sie anwaltschaftlich vertreten. Und solange Ihre Interessen mit denen Ihres jüngeren Bruders übereinstimmen, gibt es keinen Konflikt.« Er nickte in Richtung auf ihr Scheckbuch. »Fünfzig Dollar Anzahlung sind genug«, sagte er. Er beobachtete sie eingehend, während sie ihn anblickte, und fühlte, daß hinter seinen ruhigen, dunklen Augen eine Menge vor sich ging. Nach ein paar Sekunden senkte sie den Kopf und begann in ihrem Scheckbuch zu kritzeln. »Ich weiß, Sie waren mit Dad befreundet«, sagte sie. Dann reichte sie ihm den Scheck. Ihre Handschrift war groß und kühn.

Sam öffnete die mittlere Schublade seines Schreibtisches, legte den Scheck hinein und schloß sie wieder. »Ich nehme an, es ist in Ihrem Interesse, wenn ich versuche, herauszufinden, warum Ihr Vater hierher nach San Francisco geflogen ist, um mich aufzusuchen.«

»Ja.«

»Als Ihr Vater in Ihrem Haus in Sausalito ankam, hatte er da irgendwelches Gepäck bei sich, vielleicht einen Koffer oder eine Aktentasche?«

»Einen Koffer.«

»Ist der noch bei Ihnen zu Hause?«

»Ja – im Gästezimmer.«

»Darf ich dann vorschlagen, daß wir jetzt gleich nach Sausalito fahren und nachsehen, ob wir irgend etwas von Interesse darin finden?«

»Das ist aber eine Menge Arbeit für fünfzig Dollar«, sagte sie, während sie sich erhob.

Sam nickte. »Die fünfzig Dollar sind ja auch nur als Anzahlung gedacht, Miss Thurman. Vielleicht wird meine Honorarrechnung außerordentlich hoch – aber ich bin sicher, Sie werden sie spielend begleichen können.«

Die junge Frau lachte. »Ich wollte nur hören, was Sie darauf sagen«, erklärte sie und ließ sich von ihm die Tür aufhalten, während sie hinausgingen ins Vorzimmer.

Sie bestand darauf, in ihrem Wagen zu fahren, einem kleinen Coupé, das wie ein Käfer aussah und, wie Sam wußte, sehr teuer und sehr schnell war. Und er merkte bald, daß die junge Frau sich nicht scheute, seine Pferdestärken in vollem Umfang zur Geltung zu bringen. Sie brausten über die California Street und dann auf der anderen Seite von Nob Hill hinunter. Nach der Golden Gate-Brücke, wo nur wenig Verkehr herrschte, zeigte ihre Tachometernadel auf achtzig Meilen. Miss Thurman schaltete erst herunter in einen niedrigeren Gang, als sie von der

Schnellstraße in eine schmale Straße abbogen, die sich am alten Fort entlang in Richtung Sausalito dahinschlängelte, und Sam seufzte erleichtert auf. Doch gleich darauf stellte er fest, daß diese Erleichterung etwas voreilig gewesen war, als sie nämlich doppelt so schnell als vorgeschrieben nach unten kurvte. »Ich fürchte, ihre Anzahlung brauche ich schon, um Sie vor dem Verkehrsrichter zu verteidigen«, sagte er, als sie das Tempo endlich verlangsamte und wieder nach oben in Richtung auf ihr Haus fuhr. Hier konnte sie beim besten Willen nicht wie verrückt aufs Gaspedal treten. Die Straße war eng und kurvenreich, dennoch gelang es ihr dreimal, Sam Benedict einen ganz schönen Schrecken einzujagen, als sie allzu kavaliersmäßig die Haarnadelkurven schnitt. Dann, mit einem scharfen Kreischen der Reifen, bremste sie und bog in eine Plattform neben dem einstöckigen Haus ein, das weit über eine Klippe hinausragte.

Er folgte ihr über die paar Treppen hinunter zur Haustür und betrachtete sie anerkennend, wie sie ein Bein hochhob und die Tasche darauf balancierte, während sie nach den Schlüsseln kramte. Dann öffnete sie die Tür und ging vor ihm ins Haus, warf die Handtasche auf ein Tischchen in der Diele und rief laut: »Junior?«

Keine Antwort.

Der Wohnraum war groß und geschmackvoll eingerichtet. Am einen Ende gab es eine Terrassentür, die auf einen hölzernen Patio hinausführte. Die Skyline der Stadt wirkte wie eine feine Ziselierung auf Glas. Als er weiter hineintrat in den Raum, verschwand das Bild, und eine Ecke von Angel Island kam in Sicht. Das Mädchen stellte eine Lampe auf, die von einem kleinen Tischchen auf ein Sofa gefallen war. »Junior?« rief sie noch einmal. Diesmal merkte er, daß ihre Stimme ein wenig zornig klang. Doch auch jetzt rührte sich nichts. »Ich habe ihm ausdrücklich befohlen, er soll hierbleiben«, sagte sie. »Mein Bruder ist sehr unberechenbar.«

»Wie will er denn von hier wegkommen?« fragte Sam. »Der VW-Bus ist ja wohl beschlagnahmt.«

»Er fährt per Anhalter«, antwortete sie und verschwand über einen Korridor.

Sam trat an die Terrassentür. Der Blick von hier war unglaublich schön, und der Anwalt erinnerte sich, daß er diese Gegend schon immer bevorzugt hatte. Unter ihm bewegte sich ein großer Kreuzer in Richtung auf das offene Meer. In der Bay von Sausalito waren ein paar kleine Segelboote vertäut. Man kam sich vor, als schwebe man frei in der Luft. Die Klippe unter dem Haus fiel so steil ab, daß man direkt nach unten schauen konnte, ins Zentrum von Sausalito. Draußen auf dem Patio stand ein tragbarer Grill. Und neben einem Liegestuhl lagen ein Handtuch und ein Fläschchen mit Sonnenöl. Auf einem kleinen Tischchen stand ein Aschenbecher mit einer ausgegangenen Zigarre. Er wandte sich von der Terrassentür ab. In der Nähe des Sofas lag ein Paar sehr großer, bequemer Wildlederstiefel.

»Der Koffer – er ist weg«, sagte Raquel Thurman in seltsamem Ton, als sie zurückkam. »Ich hab' ihn doch gestern abend selbst hinübergetragen und neben das Bett gestellt.«

Sam nickte. »Also zwei, die verschwunden sind: Junior und der Koffer. Wieso ist eigentlich die Lampe umgefallen?«

Die junge Frau wurde plötzlich bleich und schaute in Richtung auf die Terrassentür. »Der Wind bläst sie manchmal um«, sagte sie und riß die Augen auf, als sie sah, daß die Tür zu war.

Sam trat an die Tür. Sie war nur angelehnt, nicht verschlossen. Mit einem Taschentuch drückte er gegen das Glas und öffnete sie ein Stück. Der Wind, der von der Bay heraufkam, war kühl. Sam drehte sich um und beobachtete, wie die Lampe erst ein wenig hin und her schwankte, dann umkippte und auf das Sofa fiel. Danach trat er hinaus auf den kleinen Patio und schaute hinunter. Von hier ging es fast fünfzig Meter steil nach unten; erst danach traten die Hügel weiter vor. Am Rand des Gebüschs, direkt unter dem Patio, erblickte er einen jungen Mann. Er lag auf dem Rücken, und ein Arm war über seinen Kopf gelegt, als wollte er seine Augen vor der Sonne schützen. Die bestrumpften Füße, die aus der blaugestreiften Hose herausragten, waren seltsam nach innen gedreht. Das Haar des Jungen war schulterlang und schwarz. Benedict wandte sich um. Die junge Frau stand neben ihm und schaute ebenfalls hinunter. In der Hand hatte sie die Wildlederstiefel.